Sandra Weihs

DELILAH

Roman

GEGRÜNDET
1999

Sandra Weihs

DELILAH

Roman

Czernin Verlag, Wien

Gedruckt mit Unterstützung der Kulturabteilung des Landes Kärnten, des Landes Oberösterreich und Stadt Wien, Kultur

Weihs, Sandra: Delilah / Sandra Weihs
Wien: Czernin Verlag 2020
ISBN: 978-3-7076-0703-1

Lektorat: Florian Huber
Autorinnenfoto: Nico Laurin Grabner
Umschlaggestaltung und Satz: Mirjam Riepl
Druck: GGP Media
ISBN Print: 978-3-7076-0703-1
ISBN E-Book: 978-3-7076-0704-8

Delilah

Sie hieß Delilah. Delilah war der Name, den sie sich selbst gegeben hatte. Der Name war ihre Haut. Er war ihr Blick und ihr Tanz. Der Name war ihr Gefäß, ihr Drang, ihre Sprache. Delilah wurde sie genannt seit dem Tag ihrer Selbsterkenntnis. Wer sie zuvor gewesen war, war ein Geheimnis, das sie in sich trug.

Im langen Herbst

... sei sie gegen eine glatte, kalte Oberfläche gestoßen ...

Der Tag, an dem Delilah mir die Geschichte ihres Namens schilderte, war einer der ersten, die ich mit ihr durch die Gegend stromerte. Es muss ein Tag gewesen sein, kurz nachdem sie an unsere Schule gewechselt war, dem Stiftsgymnasium in einem Vorort einer kleinen Stadt im Süden des Landes. Der lange Herbst zog sich warm bis in den November, das Laub raschelte trocken unter unseren Füßen, als trotze es dem Verrotten.

Damals. Als die Tage lang waren und wir sie noch auszunutzen vermochten durch unsere Jugend und die Gier nach Neuem, Schönem, Unbekanntem. Alles war damals lang, die Tage, an denen wir den Fluss entlang streiften, die Nächte, in denen wir die Stadt entdeckten, die Schulwochen, in denen wir auf die Matura vorbereitet wurden. Die Stromleitungen, denen wir über die Felder folgten, die Gräser, die wir mit den Handflächen streiften, die violetten Kondensstreifen der verzögert nachhallenden Flieger über der untergehenden Sonne. Unser Atem! – Alles war lang.

Der Tag, an dem Delilah mir die Geschichte ihres Namens erzählte, begann mit einer Wanderung durch die Nachbarschaft, vorbei an Einfamilienhäusern mit kleinen und großen, gepflegten und verwahrlosten Gärten. Im Kern des Vorortes ein Supermarkt, die Post, die Bank und ein Café, in dem sich die Arbeitslosen schon vormittags auf ein Bier trafen und nachmittags die Schüler gemeinsam lernten oder einfach den Tag totschlugen. Delilah zeigte sich unbeeindruckt, hatte sie doch schon in vielen Ecken der Welt gewohnt und überall sähe es gleich aus, meinte sie, nur die Felder, Wälder und Auen gefielen ihr und wir wanderten lange ohne Ziel in der Natur. Zur Rast saßen wir auf dem Findling neben dem Fluss, an dem die Kelten vor Jahrhunderten über Recht verhandelt hatten und dem Delilah magische Kräfte zuschrieb. Delilah saß oben, neben der natürlichen Schale, in der sich das Regenwasser am Fels sammelte, und ich am schmalen Vorsprung darunter. Während ich, die Ellbogen auf die Knie gestützt, die trockenen propellerförmigen Samen des Ahorn vom vergangenen Herbst wirbelnd zu Boden fliegen ließ, reckte sie ihr vorspringendes Schlüsselbein und Kinn in die frische Sonne. Ihre Schultern erstreckten sich in einer Kühnheit und Kampfeslust, als hätte sie schon mehrere Kriege gewonnen und könne es mit jedem neuen Gegner aufnehmen, während sie sich am Fels anlehnte, um ihrem unvermeidlichen Sieg mit Gelassenheit zu begegnen. Dabei war sie so dünn und zart wie Seidenpapier. Die schmale Hand mit ihren zarten Fingern bewegte sie in einer anmutigen, ausholenden Langsamkeit, um sich das kupferne Haar aus der Stirn zu streichen. Ich musste Delilah anschauen, immerzu, Delilah war der schönste Mensch, den ich kannte.

Sie war vorausgegangen zum Findling, unserer Naturfestung, dem Ort, an dem sie ihre wahrsten Geschichten erzählte. Immer ging sie, egal wohin, voraus. Delilah machte den Weg frei für mich, sie war die Kräftigere, die Sichere, die, an die ich mich halten konnte, ohne fürchten zu müssen, verloren zu gehen. Ich folgte ihr in die Natur, in Kneipen, in Menschenmengen. Hauptsache, sie war in Reichweite, Hauptsache, ich konnte den Raum fühlen, den sie um uns erschuf, der Bedrängung und Bedrohung wie eine unsichtbare Glocke fernhielt, egal von wo sie kommen mochte, von einem Wind, von einem Insekt, von einem Jungen.

Unsere Mütter waren verschieden wie Stand- und Zugvogel, wie Nest und Bleibe, wie Käfig und Schlüssel. Während meine Mutter meinen Käfig säuberte und pflegte und ausbaute, wedelte ihre Mutter mit einem Schlüssel vor Delilahs Nase und trällerte das Lied der Freiheit. Während ich meine gesamte Kindheit in meinem Heimatnest verbracht hatte, war Delilah nur Monate, vielleicht Jahre an einem Ort geblieben, war vom Osten in den Westen in den Norden gezogen, bis sie zu uns herüber flatterte, vielleicht nur, weil das der Süden war und sie ihn noch nicht kannte. Sie folgte aber keiner inneren Uhr, keinem inneren Kompass, wie die Natur es von den Vögeln verlangte. Zu allem, was sie tat, entschied sie sich bewusst. Wenn ich ein Vogel war, dann war ich einer, der nicht fliegen konnte. Ich fühlte mich wohl in meinem Nest und hatte kein Bedürfnis es zu verlassen, hatte meine Mutter es mir doch wohlig eingerichtet.

Mein Name ist Penelope, kleines Entlein nannte Delilah mich manchmal und ich schimpfte sie dafür. Sie stupste mich an, wollte mich immer wieder aus dem Nest werfen, mich anfeuern, damit ich fliegen lernte, doch ich hatte Angst, ich hätte keine Kraft in den Flügeln oder die Luft sei zu dünn und könnte mich nicht tragen. Ich krallte mich fest im Nest und Delilah lachte ihr Was-soll-schon-passieren-Lachen, jeder Ton fern der Angst.

Delilah lachte in dreierlei Art und Weise. Die erste Variante war das Was-soll-schon-passieren-Lachen, es war das Lachen, das jeden mit ihrer Unbekümmertheit ansteckte und Sorgen und Ängste vergessen ließ und wenn ich mich recht entsinne, verflog mit ihrem Lachen auch meine Sorge, keine Kraft in den Flügeln zu haben, wenn auch nur kurz.

Wir saßen am Findling neben dem Fluss. Delilah zeichnete Wellen in das Regenwasser der Felsschale und beobachtete ihr Spiegelbild, während sie mir die Geschichte ihres Namens schilderte, entrückt und klar, wie nur Delilah sich auszudrücken vermochte. Delilah schickte voraus, die Geschichte wäre eine ihrer ersten Erinnerungen, sie musste vier oder fünf Jahre alt gewesen sein. (Und ich schicke voraus, dass diese Geschichte ein Märchen gewesen sein muss.) Das Mädchen, das Delilah heißen würde, habe auf ihrem Bett gesessen, mit den Zehenspitzen habe sie den grauen Teppich gestreift, dabei sei ein Geräusch entstanden, das flauschig in den Ohren gekitzelt habe. Sie habe die Mutter beobachtet, wie sie ein helles, silbern schimmerndes Bild in ihr Zimmer gehievt und es danach vorsichtig an die Wand gelehnt habe. Die Mutter habe sich gebückt, um Hammer und Nagel aus der Werkzeugkiste zu nehmen. Dabei habe ihre Mutter sich lächelnd nach ihr umgeschaut und gefragt, ob ihr der Spiegel gefalle, aber sie habe es noch nicht gewusst. Still habe sie weiterhin auf ihren Händen gesessen und fasziniert das Schimmern in allen Farben beobachtet, während die Mutter das Bild an der Wand befestigt und vorausgesagt habe, dass sie den Spiegel lieben würde. Delilah erzählte die Geschichte so, als sei ihr bis zu diesem Erlebnis kein Spiegel auf der Welt untergekommen, als habe sie nichts von diesem Wunderding gewusst.

Das Bild habe alle Farben der Umgebung aufgesaugt, um sie mit dem Silber zu vermischen und in neuem Glanz wiederzugeben, brillanter und strahlender, als alles was sie bisher gesehen habe. Im Spiegel in ihrem Zimmer habe sie einen Raum erkannt, der wie ein Zuhause ausgesehen habe und einen Teddy, der ihrem Balu wie aus dem Gesicht geschnitten gewesen war. Sonnenflecken auf dem Teppichboden, einen Puppenwagen in getupftem Rosa wie der ihre und ein

Kind mit kupfernem, welligem Haar und gelbem Kleid auf dem Bett, das sie staunend angesehen habe.

»Wie verwirrt ich war, als ich das Abbild meiner Kinderzimmerwelt im Spiegel gesehen habe!«, und sie lachte über sich selbst, über ihr Unwissen, als sie vier Jahre alt gewesen war und ich stimmte in ihr Lachen ein. Es war ihre zweite Art zu lachen, selbstironisch, entschuldigend, aber liebevoll und mitfühlend ihrem eigenen Selbst gegenüber, ihrem Unwissen, ihrer Unreife, ihrer Unzufriedenheit, allen Unzulänglichkeiten, die sie an sich selbst bemerkte, und sie lachte trotzdem glockenhell und ohne jeden ängstlichen Ton darin und ich musste mitlachen, unweigerlich, ich konnte nicht daran vorbei und musste sie mit ihr auslachen und im Lachen lag bereits die Entschuldigung dafür.

Delilah erzählte mit zierlichen Gesten deutend weiter, sie habe Mut gefasst. Sie sei vom Bett gehüpft und das Mädchen im Spiegel habe es ihr gleich getan. Sie seien aufeinander zu gekommen, sie hätten sich in die Augen gesehen und die Hände ausgestreckt. Aber als sie die Hand des Mädchens habe ergreifen wollen, sei sie gegen eine glatte, kalte Oberfläche gestoßen. Sie habe das Mädchen so sehr berühren wollen, habe immer wieder an anderer Stelle auf das Bild getippt und das Mädchen habe es ihr gleichgetan. Delilah erzählte und ich glaubte ihr jedes Wort dieser erfundenen Begebenheit, so gerne hätte sie den Raum betreten, mit dem Mädchen spielen wollen, das ihr so gefallen habe, doch nirgends sei ein Eingang, nirgends ein Durchschlupf gewesen, der Raum habe hinter einer unsichtbaren Scheibe gelegen, die nicht zu durchdringen gewesen sei. Sie habe die Stirn an die glatte, kalte Stirn des Mädchens gelegt und ihr in die Augen gesehen. Und sie habe zum ersten Mal in ihrem noch kurzen Leben gedacht: Das bin ich.

Delilah beobachtete sich im Regenwasser der Steinschale. Noch immer lag etwas in ihrem Blick.

Sie habe sich selbst erkannt in ihren eigenen Augen, sagte sie, durch Mutters Geschenk des Spiegels. »Ich drängte meinen Körper an die Oberfläche der Scheibe, deren Kühle sich in der stickigen, feuchten Sommerhitze angenehm anfühlte, ich fuhr lange über die Oberfläche und meine Hand im Spiegel tat es mir nach. Ich drückte Bauch an kalten Bauch und entfernte meinen Kopf, um Überblick zu haben, stand da mit vorgewölbter Rundung, sah auf den Bauch im Spiegel und griff nach meinem körpereigenen. Ich kitzelte den Nabel und drückte ihn sodann wieder an die Scheibe, streckte mich, legte meine Handflächen auf die Augen und spreizte die Finger, lugte verzwickt dahinter hervor und sah mich verstecken. Es sah lustig aus, sodass ich das Lächeln sehen konnte, das ich fühlte. Und plötzlich wusste ich, das, was ich sah, das war nicht das, was meine Mutter in mir sah. Was ich sah, trug nicht den Namen, den Mutter mir gegeben hatte. Ich sah Delilah.«

Sie wiederholte Delilah, und noch einmal flüsterte sie Delilah und sah in das Wasser, fuhr mit den Fingerkuppen über die Oberfläche, sah das Zittern ihres Abbilds, sah mich an und lachte ihre dritte Art des Lachens, ein zartes Lachen, ein sehnsüchtiges, ein Lachen, in dem ein Wunsch lag und Trauer, weil er nicht erfüllt werden konnte.

… wahrscheinlich schickte sie eine höhere Macht …

Ich sitze in dem Zimmer, in dem ich schon als Kind gewohnt habe, und sehe in den Garten. Von hier aus kaum zu sehen ist der Spielplatz, der Delilah so erfreute, ein vergessener Ort im Zwielicht zwischen Wald und Wiese. Ich sitze im ersten Stock in meinem früheren Kinderzimmer, das nun mein Schreibzimmer ist und sehe in den Garten, wie ich es schon immer getan habe. Die Rosen, sie wachsen über die Laube, als würde sie jedes Jahr ein unsichtbares Helferlein stutzen, damit sie zu neuer Blüte finden. Der Apfelbaum, der dort steht und der über die Jahre mehr und mehr Früchte trug, nun, so scheint mir, kommt ins Alter, seine Äste werden schwächer, die Früchte weniger. Ich schaue auf den Schwimmteich daneben, der die Farbe von Delilahs Augen hat, und ich erinnere mich an ihr Schauen.

Ich sehe sie jetzt vor mir an ihrem ersten Schultag im langen Herbst damals.

Meine Erinnerung ist voller Farben, wenn ich an diesen Tag denke. Das Kupfer ihrer Haare, das sonnenblumengelbe Shirt und die teichgrünen Augen, in deren Tiefe ich hineinfiel, sobald ihr Blick auf mir landete, die olivfarbene Haut, aus der einzelne blonde Härchen in die Luft ragten.

Sie bemerkte mich unter den anderen als erste. Es war, als baute unser Schauen eine Kraft zwischen uns auf. Mein Körper drängte auf sie zu, da hatte sie noch kein Wort gesagt. Irritiert wirkte sie, als der Lehrer sie ansprach, wie sie mich ansah. Zögerlich beendete sie unseren Augenblick, erklärte ihm, sie sei hierhergeschickt worden, und mein erster Gedanke war, wahrscheinlich schickte sie eine höhere Macht. Gemeint hatte sie den Direktor, der ihre Aufnahme am Gymnasium für das letzte Schuljahr wegen Umzug aus einer weit entfernten Stadt durch die Zuweisung zu einer Klasse bestätigte. Der Lehrer stöhnte, als sei diese Schülerin der Tropfen, der das Fass der immer mehr werdenden Arbeit zum Überlaufen brachte, und wies ihr einen freien Platz in der ersten Reihe zu. Doch sie zeigte auf mich und erklärte feierlich: »Ich setze mich zu dieser Frau.« Das war in vielerlei Hinsicht verstörend für mich. Nie war ich irgendjemandem aufgefallen, noch nie hatte mich jemand auserkoren, noch nie hatte mich jemand eine Frau genannt. Sie hatte mich erwählt und erwachsen gemacht. Immerhin war ich ein hässliches und schüchternes Entlein, zu ernst und zu versonnen, als dass jemand Interesse an mir gefunden hätte. Ich war langweilig und einfach anders und da ich es schon lange aufgegeben hatte, Freunde unter jenen zu finden, die ich selbst nicht verstand, deren Leben, Ansichten und Späße für mich keinen Sinn ergaben, war ich einsam geblieben, ein Entlein unter Schwänen. Immer schon hatte ich jene bewundert, die sich durch Räume bewegten, als gehörten sie ihnen, die sich entwickelten und wuchsen und für die Zeit etwas war, das sie überwinden, bezwingen mussten, das nie zu schnell vergehen konnte, damit sie endlich ein vollständiger Mensch sein konnten, erwachsen. Die miteinander sprachen über das Wetter und den Schulausflug, Verliebtheiten und Schulnoten. Für mich bargen all die normalen Dinge Gefahren, ich hatte Angst. In Räumen witterte ich versteckte Fallen, trat ich ein, nahm ich alles darin wahr, bemühte ich mich, jede Energie zu registrieren, jeden Blick einzuordnen und sein Ziel vorherzusagen. Bemühte mich, jedes in den Raum geworfene Wort zu verstehen, um zu erkennen, wie und wohin ich mich bewegen musste, um all das eventuell Eintretende, in das ich involviert werden könnte, zu umgehen. Jede Ansprache erzeugte ein Ducken in mir, jedes Gespräch die Angst, ein falsches Wort zu sagen, jedes Lachen in meine Richtung die Vermutung, es sei Spott. Ich fühlte mich wohl in meinem Nest, das mein Zuhause war und mich wärmte. Doch als Delilah auf mich zeigte und mich zur Frau unter Mädchen und Jungen machte und langsam auf mich zukam, als sei es das natürlichste der Welt, das hässliche Entlein als Banknachbarin zu ehren, fühlte ich mich erstmals erhoben. Mein Herz klopfte, sie schaute mich an, die Sonne fiel durch das Blätterwerk eines Baumes auf ihr Antlitz und tanzte in wechselhaftem Spiel mit den Schatten darin.

Nein, das muss eine andere Begebenheit gewesen sein. Die Zeit verschwimmt in der Erinnerung, ich weiß nicht, wo ich in ihr den Anfang und das Ende der Begegnung mit Delilah finden soll. Es überlagert sich das Bild des ersten Schultages, an dem kein Baum in der Nähe war, durch dessen Blätterwerk die Sonne brechen hätte können, weil wir uns im Schulgebäude befanden, mit dem Bild des ersten Ausflugs mit Delilah. Jan und Markus und Tanja und ich, wir hatten uns aufgemacht, Delilah den Spielplatz im Zwielicht zwischen Wald und Feld vor meinem Haus zu zeigen, eine Gruppe, die sich nie gefunden hätte ohne die Neue in dieser Klasse. Wir waren alle Einzelgänger, Außenseiter, aus dem Rahmen Fallende, das wussten wir schon vor Delilahs Erscheinen, doch hatten wir nie die Idee gehabt, uns als Gruppe zu begreifen. Delilah jedoch sammelte uns bereits an diesem ihren ersten Schultag im langen Herbst im Hof des ehemaligen Klosters mit dem Brunnen, den die in Stein gemeißelte Mutter Maria beschaute. Wir waren aneinander vorbei gegangen, hatten aneinander vorbei gesprochen, hatten aneinander vorbei gelebt bis zu diesem Tag. Doch plötzlich hatten Jan und ich denselben Musikgeschmack (epischer Indie Pop) und Tanja und Markus ein gemeinsames Hobby (Mountainbiken). Jan und Markus hatten denselben schrägen Fahrlehrer und ihre Anekdoten bereiteten uns Lachkrämpfe, Tanja und ich musizierten gerne und zeigten unsere Kompositionen nie irgendjemandem. Das alles war uns aneinander über Jahre nicht aufgefallen, aber wurde wahr und real an diesem ersten Tag im Hof des Stifts und die Mutter Maria blickte auf uns gelöst Lachende, während ihr Sohn in den Brunnen pinkelte. Und Delilah sitzend auf den Stufen davor, zu uns aufblickend in ihrer hinreißenden Art und diesem Was-soll-schon-passieren-Lachen auf den Lippen und in den Augen, warf ein Wort nach dem anderen in den Kreis und sie blieben haften und verstärkten dieses dünne Gespinst aus zarter anfänglicher Freundschaft. Ja, ich glaube es war an ihrem ersten Tag in der Schule, da erzählte sie uns die Geschichte, in der sie als Volksschülerin bei einem Rechentest keinen Radiergummi dabei gehabt hatte und sie konzentriert über der Arbeit saß, um ja keinen falschen Strich auf das Papier zu setzen, aber sie hatte es nicht geschafft. Sie hatte in der Eile eine Aufgabe falsch verstanden, den Schluss falsch gesetzt und nun musste sie den Fehler radieren. Hilfesuchend blickte sie sich um und bemerkte, ihre Banknachbarin hatte einen dabei. Flüsternd bat sie um den Radierer als Leihgabe, doch die Banknachbarin nahm ihn vom Tisch und versteckte ihn in ihrer Faust. Und Delilah erzählte, vor lauter Angst, den Fehler nicht korrigieren zu können, und vor lauter Scham, ihren Radiergummi nicht dabei zu haben, und vor lauter Trauer über die Reaktion der Freundin und dieser plötzlich auftretenden tiefen, schweren Last an Einsamkeit habe sie unerwartet und unvermutet heftig mitten im Test zu weinen begonnen. So bitterlich, dass ihre Lehrerin sie mit vor die Tür genommen hatte und fragte, ob denn jemand gestorben sei in ihrer Familie. Dafür schämte sie sich nun noch mehr – dass sie zu weinen begonnen hatte und die Lehrerin solch schlimme Dinge vermuten musste – dabei konnte sie doch nur nicht verstehen, wieso die Freundin ihr den Radiergummi nicht borgte und warum sie sich derart einsam fühlte. Also beruhigte sie sich schnell und trat wieder in die Klasse, setzte sich an ihre Bank und nahm die Arbeit wieder auf. Und die Freundin legte den Radiergummi mitten auf den zu radierenden Fehler und schaute Delilah mitleidig an.

Sie erzählte die Geschichte offen und mit dem Lachen, mit dem sie über sich selbst lachte, über ihr Unwissen, ihre Unreife, ihre Unzufriedenheit, alle Unzulänglichkeiten, die sie an sich selbst bemerkte, und sie lachte trotzdem glockenhell und ohne jeden ängstlichen Ton darin und wir mussten mitlachen, unweigerlich, man konnte nicht daran vorbei und mussten sie mit ihr auslachen und in unserem Lachen lag bereits die Entschuldigung dafür. Ich kannte diese Einsamkeit, die sie gefühlt hatte und vielleicht kannten auch die anderen diese Einsamkeit. Sie hatte einen Sinn für uns gehabt, war offen, ging furchtlos auf uns zu und zeigte sich. Sie sah uns unsere ferne Zugehörigkeit in unserer eigenen Verletzung durch die Welt an, vom ersten Tag an, und wir bemerkten nicht mal, dass wir plötzlich Freunde hatten. Wie Teile eines Puzzles, die schon lange darauf gewartet hatten, fügte sie uns zusammen.

Die gefühlte Einsamkeit ging an diesem Tag für lange Zeit.

Ein paar Tage später, oder waren es Wochen? Der Herbst dauerte lang in diesem Jahr, in dem wir Freunde wurden. Irgendwann zeigten wir Delilah die Umgebung. Wir spazierten über die Wiesen vor meinem Haus eingefasst vom Wald, das Gras bis zu den Hüften, Bienen und Mücken umschwirrten uns. Wir landeten auf diesem alten Spielplatz am Waldesrand, den niemand mehr bespielte, der noch aus Metall und nicht aus Kunststoff gefertigt war und von dem der Lack abblätterte und rostbraune Stellen freilegte. Der dichte, schwarzgrüne Wald mit hellem Schafgarbensaum hinter dem kupfernen Mädchen, die gelben Hahnenfüße und Löwenzähne, die Ambrosien und das Johanniskraut an den graublauen Stangen der Schaukel, das vergilbte und quietschende Ringelspiel mit morschen Sitzflächen. Delilah hüpfte von einem Gerät zum nächsten und ich schaute ihr zu, folgte ihr und zupfte das Unkraut um die Pfeiler aus, als könnte ich damit garantieren, dass sie den Beton nicht sprengen würden, dass alles stabil und Delilah in Sicherheit bliebe, wenn sie die Schaukel hochtriebe. Sie aber ließ die Füße baumeln und wies mich aus ihrer Begeisterung an, das Unkraut wachsen zu lassen, es gehöre auf diesen Spielplatz, es mache ihn erst zu dem Juwel, der er war. Ich beobachtete Delilah, wie sie den Platz in sich aufsaugte, als sei er pure Energie und sie nähre sich davon, vom Rost, vom Unkraut, vom morschen Holz und ich beobachtete auch Jan, der Delilah musterte, in einer Weise, als ginge nach jahrelanger Dunkelheit die Sonne für ihn auf. Als sie auf dem Ringelspiel saß und Jan aufforderte, sie zu drehen, zögerte er nicht. Er krempelte sich die Ärmel hoch, rief, »Schnall dich an!« und setzte sich zu ihr. »Bis zu den Sternen!«, rief sie ihm zu und lachte schallend ihr Was-soll-schon-passieren-Lachen. Jan nahm all seine Kraft, mit der er Delilah zu beeindrucken versuchte, und zog und stieß an der Scheibe in der Mitte des Ringelspiels und sie begannen sich zu drehen. Delilah legte die Arme an die Lehne und der Rauch von Jans Zigarette zog kreisförmig davon, bis sie ungestümer wurden und die Schwaden Delilah erreichten und dann waren sie ein Wirbelkreis im weißdurchsichtigen Nebel. Es war schön anzuschauen, beide lachten und Delilah kreischte und Jan freute sich und sogar das rhythmische Jaulen des Gestells wirkte wie ein Einstimmen in diesen Freudenchor. Jan stieß noch wilder an, bis sie »Genug!« jauchzte und sich Jan zufrieden zurücklehnte, in Coolness-Pose, um sein Schwindelgefühl zu vertuschen, und stolz. Dann war Stille am Waldrand, nur die Vögel zwitscherten ihre Lieder zum leiser werdenden Winseln des Ringelspiels und wir beobachteten Delilah, wie sie ihre Augen schloss, den Kopf in den Nacken legte, die Arme ausbreitete und durch die Krone des Laubbaumes brechende Sonnensprenkel auf ihrem Gesicht hasteten. Wenn ihr Gesicht auftauchte, winselte das Karussell und während ihr kupferner Hinterkopf an mir vorbei zog, verhallte das Winseln, um im Schwung neuerlich befeuert zu werden, es war, als erzeuge der Anblick ihres in den Himmel gereckten Gesichts diesen leiernden Kommentar einer alten verlassenen Spielplatzseele.

Das ist das Bild, das sich über den ersten Tag und alle weiteren Erinnerungen legt.

An ihrem ersten Tag im letzten Schuljahr im Gymnasium wurde ich erkoren von dieser Schönheit und geehrt durch ihren Platz neben meinem. Der gelassene Gang die Schulbänke entlang auf mich zu. »Hallo, ich bin Delilah.« Das sagte sie, als sie sich setzte. Und als sie saß: »Was für ein seltenes Bild du abgibst. Du brauchst dich nicht verstecken!«

Das waren ihre ersten Worte an mich. Nie werde ich sie vergessen. Aber das war alles damals und das Damals war zu kurz, auch wenn es sich lange anfühlte zu jener Zeit. Es war ein Jahr, das ewig hätte dauern dürfen.

... Delilah jedoch erhob – nur sacht – das Wort und in der Stimme hörte man die Bereitschaft zu verlieren ...

Ich schreibe diese Zeilen und dabei blicke ich aus dem Fenster meiner Schreibstube in den tiefen Wald hinein, vor dem der verwachsene Schwimmteich neben dem Apfelbaum in meinem Garten liegt. Der Garten hat sich nicht verändert, als seien die zwanzig Jahre an ihm vorbeigeweht wie ein zarter Windhauch. Der Apfelbaum ist alt geworden, wie ich mit jedem Tag älter werde und nur zurückblicken kann auf die Zeit, in der alles denk- und machbar erschien und durch Delilah offenbar wurde. Es ist jetzt, da ich diese Zeilen schreibe, als stecke die Penelope von damals noch in mir. Ich kann sie abrufen wie ein Programm, kann mich wiederherstellen in einer früheren Version. Viele Ansichten und Ideale meiner Jugend habe ich mit der Zeit überschrieben, viele Begegnungen gelöscht und durch neue ersetzt, aber Delilah ist nicht zu löschen, nicht zu überschreiben, sie steht im Quellcode meiner Identität, festgeschrieben in den Farben Kupfer und Oliv, Teichgrün und Gelb. Deswegen muss ich sie aufschreiben, meine Freundin, denn sie ist ein Teil von mir und meinem Leben und wenn es nach mir ginge, hätte das Jahr mit Delilah ewig andauern dürfen.

Ich sehe Delilah im Garten, im langen Herbst damals, als sie mir half die Äpfel zu ernten. Dieses Bild brannte sich mir ein. Sie stand da im gelben Kleid, die Sonne wärmte ihre olivfarbene Haut und ihr Blick war gen Krone gerichtet, ein Schauen in die Fülle an Früchten, die Ernte war reich damals. Dabei leuchtete das Grün ihrer Augen wie der Teich hinter ihr. Ich klaubte die abgefallenen Äpfel vom Boden auf, es hatten sich dunkle, saftige Stellen gebildet. Ich sortierte sie in einen Plastikeimer, sie würden zuerst verarbeitet werden müssen. Delilah aber befühlte einzelne Äpfel am Ast, stellte sich auf Zehenspitzen, roch daran, drehte sie ab, wenn sie reif genug waren und legte sie behutsam in den Korb. Dort würden sie genug Luft bekommen, wenn sie hernach im Keller überwintern mussten, die Früchte brauchten Kühle und Atem. Mit nackten Füßen und auf Zehenspitzen, um an die Früchte zu gelangen, tappte sie zwischen den angebrochenen und angefaulten Äpfeln und dem wuchernden, gelben Klee, Löwenzähnen und Johanniskraut am Boden umher und suchte sich die schönsten und reifsten Äpfel aus, dabei war es noch gar nicht an der Zeit. Ich kann mich erinnern, eine Art Eifersucht stieg auf, war es doch mein Garten, mein Apfelbaum, von dem sie erntete, und ich sammelte das abgefallene Obst vom Boden, anstatt mich um die Guten zu kümmern, mit meinen Händen, die das jahrelang schon erprobt hatten, das Klauben und Verarbeiten von Früchten, um über den Winter zu kommen. Mein ganzes Leben lang habe ich in diesem Garten, in meinem Heimatnest verbracht, in einem Geflecht aus natürlichem Material, das meine Ahnen verwoben, gebastelt hatten aus nichts. Und dann flog ein Vogel vorbei, prächtiger und leuchtender als mein Gefieder je leuchten würde, und erntete die guten Früchte, weil er sich gar nicht erst hineinsetzte in dieses Nest. Weil er an jedem Ast sich niederlassen, jeden einzelnen Apfel begutachten und kosten konnte, anstatt nur jene, die in Reichweite waren oder ihm zugefallen wären. Delilah besah jeden einzelnen Apfel in seiner Schönheit am Baum und murmelte dazu, ich solle mir diesen mal ansehen, ganz raue Haut wie Sand, wie saftig er sein müsse, wenn man in ihn hineinbeiße. Oder jenen, der habe eine besondere Farbe, fast Sonnenuntergangsorange, dass diese Farbe unter Äpfeln überhaupt möglich sei. Sie klaubte Frucht um Frucht vom Baum und legte sie in den Korb und mir war es, als flöge sie mit ihrem prächtigen Gefieder umher, um die saftigsten zu finden. Mit jeder Bemerkung verleitete sie mich, aus dem Nest zu springen, all das Gewohnte hinter mir zu lassen und in die Gefahr des Neuen aufzubrechen, in die Luft, die mich eventuell nicht tragen würde, mit Flügeln, die vielleicht keine Kraft hätten, nur um die guten, sauberen, schmackhaften Äpfel vom Baum zu holen und in den Korb zu legen, anstatt die schlechten vom Boden aufzulesen und in einen Eimer fallen zu lassen.

Natürlich bewunderte ich ihr Gefieder, natürlich war ich neugierig auf die Welt außerhalb meines Nests, der Regeln, der Gesetze, doch ich misstraute diesem leuchtenden Vogel, ich wusste nicht recht, was seine Absicht war. Und wie ich Räume und Menschen durchleuchtete aus Angst und um mir über ihr Ansinnen klar zu werden, beobachtete ich auch Delilah. Aber Delilah war anders als ich und anders als andere. Wählte ich immer den direkten, korrekten Weg, war für Delilah das Ziel nebensächlich und sie beschaute die Wege, verschlungene, ansteigende, abfallende Wege, verwachsene, geheimnisvolle und heimliche Pfade, Abkürzungen und Umwege, sie besah sich alle Möglichkeiten und wählte dann. Selbst wenn der Weg in eine Sackgasse mündete, wanderte sie ihn furchtlos bis zu seinem Ende und drehte dann um, ohne Sorge, Zeit verloren zu haben oder das Ziel aus den Augen. Delilah hatte keine Angst. Sie konzentrierte sich einfach auf die guten und schönen und schmackhaften Äpfel.

Ich erinnere mich an einen Schultag im damals so lang andauernden Herbst. Bach, unser Mathematiklehrer im Stiftsgymnasium, hatte Tanja angegriffen, weil sie an einer Gleichung gescheitert war. Bach war ein gescheiter Mensch, wir mochten ihn, er wusste mehr über unseren inneren Zorn und unsere innere Sehnsucht als wir, er vermochte Dinge zu verstehen, von denen andere Lehrer nicht einmal ansatzweise Kenntnis hatten. Ja, wenn wir ihm in seinen guten Zeiten lauschten, dann fühlte es sich an, als würde er eine Ahnung von der Jugend haben. Wenn er über Mathematik sprach, plapperte er nicht nur über Regeln und Gesetze und Herleitungen von Formeln, sondern auch über die Grundgesetze der Natur. Wenn er von Statistiken und Wahrscheinlichkeiten erzählte, erschuf er einen Raum der Interpretation, der uns ermöglichte, uns selbst darin zu finden und zu erkennen, auch außerhalb der Norm. Aber wir verabscheuten ihn, wenn er einen Kollegen aus der Klasse pickte und an ihm unser aller Unwürdigkeit abarbeitete. Bach war seinen Emotionen vollkommen ausgeliefert, wenn er vor uns am Lehrertisch saß und von einer heilen Welt durch das Verständnis der Mathematik redete oder den Grund der Unerfüllbarkeit dieser heilen Welt in seinen unwürdigen Mathematikschülern suchte. Wir kannten seine Wutausbrüche, sie begannen durch für uns unsichtbare Auslöser, wurden wild und vernichtend in Sekunden. Damals pickte er Tanja heraus, das burschikose Mädchen, das ihn vielleicht sogar noch am ehesten verstanden hatte von allen, weil sie einen Sinn für das Mysterium der Naturgesetze hatte wie Bach. Er meinte in dieser Schulstunde im November, sie sei ein Nichts, sie habe nicht die Intelligenz, sich einen einfachen Rechenablauf zu merken, sie sei eine einzige Dummheit. Verstünde sie diese einfachen Wege nicht, sähe er keine Zukunft für sie in dieser komplexen Welt, sie würde nicht einmal die Reifeprüfung schaffen. Sie sei eine Schande für ihr Elternhaus, denn ihre Intelligenz gehe nicht über die Wahl der Farbe des Lippenstifts hinaus.

Wir saßen mutlos in der Klasse, ließen seine Tirade über Tanja ergehen, duckten uns in den Bänken, um nicht selbst zur Zielscheibe zu werden.

Delilah jedoch erhob – nur sacht – das Wort und in der Stimme hörte man die Bereitschaft zu verlieren, die jeder mutige Mensch in den Kampf mitnehmen muss. Sie sprach und man konnte einen Widerstand erkennen in ihrer Stimme, einen Widerstand, der bleiben würde, auch wenn Bachs Zorn von Tanja ablassen und sich nun auf Delilah werfen würde, um an ihr die Erniedrigung weiterzuführen. Delilah war sich sicher, bis zum Ende des Weges zu kämpfen, auch wenn er sich als Sackgasse herausstellte. Und sie sagte leise, aber sie war lauter als alle Klassenkameraden, die stumm dasaßen, Bach solle aufhören. Und als Bach den Blick von Tanja abwandte und in Richtung der Stimme in der Menge nach deren Urheber suchte, zeigte sie ihm mutig, wer sie war, indem sie wiederholte: »Hören Sie auf! Sie wissen gar nichts über Tanja, Sie wissen nicht, wer sie ist, was sie werden wird und wie, also hören Sie auf!« Als würde sie den am Boden liegenden, angebrochenen Apfel gar nicht bemerken, ihm keine Bedeutung zugestehen und sich auf den reifen Apfel ohne Makel in der Krone konzentrieren.

Es war, als fiele Bach das Gesicht ab. Es hatte sich ihm noch nie jemand in den Weg gestellt aus Kampfeslust. Ich beobachtete schockiert, wie die Stimmung umschwang, wie Bach plötzlich ein Mensch wurde, anstatt dieser Allmacht, die er sein wollte in unseren Augen. Er war von Delilah unterbrochen worden und fühlte sich ertappt.

Bach, irritiert über den Verlust des Status, den er sich selbst gegeben hatte, gab klein bei, ließ von Tanja und seiner Tirade ab, indem er Delilah zynisch antwortete, sie solle aufpassen, dass ihr diese große Klappe nicht einmal zum Verhängnis werde.

Er hatte Recht, ihre Furchtlosigkeit wurde ihr zum Verhängnis, aber ich, ich lebte zumindest an diesem Tag, als sie sich mutig auflehnte, plötzlich in einer Welt, in der ich leben wollte, weil es möglich war, Ungerechtigkeit zu bekämpfen. Sie gebrauchte nur Worte, um wieder ein Gleichgewicht herzustellen.

Delilah hatte keine Angst. Wenn Delilah bei mir war, hatte auch ich ein bisschen Mut, denn sie war die Sichere, die Kräftigere und ich verlor die Sorge, ich könne verloren gehen oder gar kaputt. Delilah lehrte mich Mut, einmal im langen Herbst damals, indem sie mir das Tanzen unter Zuschauern beibrachte, eine Kleinigkeit, jetzt, in der Rückschau, aber bedeutend für mich zu dieser Zeit, im langen Herbst. Irgendjemand hatte Geburtstag, wahrscheinlich Markus oder Jan, und er hatte das Fest im Garten steigen lassen, weil der lange Herbst damals dem Winter so wunderbar trotzte. Ich war eingeladen und dass ich dieses Fest besuchte, empfand ich schon als Herausforderung, denn ich war ein ängstlicher Mensch, immer auf der Hut vor jeder Begebenheit. An meiner Seite Delilah, die Plaudernde und Begegnungen suchend, sie ging immer voraus und ich hinterdrein. Es wurde langsam dunkler, die bunte Girlande aus Glühbirnen erstrahlte und die Gemüter wurden gelöster, die Stimmen lauter und die leeren Flaschen auf den dekorierten Tischen zahlreicher. Ein Feuer brannte, denke ich, und jemand legte ein Lied auf, das ich nicht kannte, aber Delilah schloss die Augen, als ließe sie den Rhythmus in sich hineinfließen und nahm mich bei der Hand und zog mich auf die Wiese und plötzlich tanzte sie barfuß in feuchter Erde mitten unter Menschen und ich sollte auch. Ihre Bewegungen passten sich dem Rhythmus an, ihre Hände aus Seidenpapier formten Figuren, die Handgelenke drehten und spannten sich, die Arme streckten sich zur Seite und über den Kopf, anmutig und leicht sah sie aus, ein Vogel, der sich in die Luft schwang. Sie öffnete die Augen und ermunterte mich mit einem Blick, gab sich dem Bass hin, als ließe sie sich von ihm führen, als gäbe es nicht nur ihren Körper auf dieser Wiese, sondern auch einen ätherischen im Raum der Musik, in den sie sich auflösen und hinausdringen wollte. Ganz langsam ließ sie ihre Hüfte kreisen, ihr Becken wiegte im Einklang mit der Melodie, das Schlagzeug bestimmte ihre Füße, ihre Beine, ihren Rhythmus und mein Körper folgte ihr, machte es ihrem gleich, als seien wir zwei nur eine Frau, wollte mein Körper ihrer werden und folgte. Sie öffnete die Augen und lächelte mich mit dem Was-soll-schon-passieren-Lachen an, das uns abschirmte vor der Skepsis, dem Urteil der anderen.

> Here is true peace
> Here my heart knows calm
> Safe in your soul
> Bathed in your sighs

Ich vergaß meine Angst und war mutig, wir gaben uns der Musik und tanzten und dehnten uns aus und waren frei.

Delilah war furchtlos, aber ich war es lange nicht. Ich beobachtete sie beim Ernten der Äpfel in meinem Garten, meinem Nest, es war, als hätte sie nur eines im Sinn: Im Augenblick leben. Ohne Ziel und Absicht, ohne Plan und

Zweck, einfach leben. Sie sah in die Krone und das Blätterwerk, ohne sich des Bodens bewusst zu sein, auf dem sie bloßfüßig auf Zehenspitzen umhertappte, furchtlos und ohne Angst. Sie drehte einen Apfel vom Baum und rieb ihn in den Händen. »Sieh dir den an, Penelope, der ist perfekt.« Sie biss hinein, entspannte im Genuss und setzte ihre Fersen in das feuchte Gras, landete auf einem angebrochenen Apfel, auf dem die Wespen bereits saßen, um den süßen Saft zu trinken und das weiche, bräunliche Fleisch abzunagen und sie zuckte zusammen vor Schmerz, als diese zustachen. Dabei fiel der Apfel auf den Boden. Ich klaubte ihn auf, warf ihn in den Eimer und holte Eis, um den brennenden Stich zu kühlen.

… wie Unkraut, das durch Beton brechen konnte …

»Das Leben ist ein Schauspiel, es kommt darauf an, wie gut du bluffen kannst«, sagte Delilah mir irgendwann in diesem zeitlosen Damals.

Ich verstand das nicht, war ich doch das Kind meiner Eltern und in eine Welt geboren, die durch die Namensgebung meiner Eltern bestimmt war. Diese Welt war mein Zuhause, das Haus, der Garten, die Schule, das Ich – mein Nest – es gab doch keine Wahl. Ich hatte nicht entschieden, wer ich war, hatte auch keine Rolle gewählt. Das Leben war doch kein Schauspiel, kein Theater, es war ein Weg, der so sicher sein sollte wie möglich, vorherbestimmt durch die Namensgebung meiner Familie.

Wenn Delilah jede Tat als Schauspiel bezeichnete, jede Wahrheit als Bluff, wie konnte man sich ihrer sicher sein? Diese Frau, konturlos und transparent, tat, als trage sie kein Ich in sich. Und wenn kein Ich vorhanden war, dann auch keine Absicht, keine Treue und Verlässlichkeit, keine Person. Sie meinte, sie nähme sich als Variable wahr in einer Gleichung, deren Ergebnis immer eine irrationale Zahl darstelle – eine ins Unendliche reichende nähere Bestimmung, die nie vollständig sein würde.

Uneindeutigkeit war ihre Maxime. Ich erinnere mich an den Tag am verfallenen Spielplatz, an dem Jonas erstmals zu uns stieß. Jonas war plötzlich da, er war ein Freund von Jan. Vielleicht war Jonas neugierig geworden wegen Jans Erzählungen über Delilah oder Jan wollte sie herzeigen als jene, in die er sich verliebt hatte, wer weiß schon, aus welchen Absichten Fügungen entstehen. Mit Stift und Skizzenblock kam Jonas auf den Spielplatz, lehnte an der blaugrau verblichenen Schaukel, eine Hand führte den Stift auf dem Papier, ein Grashalm zwischen den Zähnen, ein einschätzender Blick Richtung Delilah, die gerade auf der Schaukel saß. Jonas setzte eine Linie aufs Papier, wieder Delilah anschauen, wieder zeichnen, eine kurze Ablenkung – ein direkter Blick zu mir – haften bleiben aneinander. Jonas' warme Augen und abschätzender Blick, Gelassenheit und Spannung im Körper, eine Art Schüchternheit, die aber auch Demut oder Angst sein konnte. Der Blick wieder zu Delilah, dabei wurde seine Sicht weiter, weniger konkret – sie war ja kaum einzufangen – ein Strich auf dem Papier, doch Delilah ging auf ihn zu, entriss ihm den Block und befahl: »Es werden keine Porträts von mir gefertigt, ich werde nicht festgezeichnet.« Jonas war überrascht, ein wenig verärgert wirkte er, schließlich hatte er nichts Böses im Sinn gehabt. Das sei doch nur eine Skizze, Delilah solle sich nicht so anstellen, doch Delilah redete sich in Rage. Jonas solle sich vorstellen, seine Skizze überlebe über die Jahre und würde irgendwann entdeckt werden. Dann würde der Entdecker glauben, Delilah habe so ausgesehen, wie Jonas, der Schöpfer der Skizze, sie gesehen habe. Aber das sei sie nun mal nicht, sie sei Delilah und nicht die Delilah innerhalb der Schau eines Malers, der nur sich selbst malen könne, nur seine Sicht auf die Welt, auf das Leben, auf die Menschen, nicht den Menschen selbst. Während sie das sagte, löste sie das Blatt aus dem Block und zerriss es in kleine Fetzen. Sie warf die Teile auf die Wiese, aus der das Unkraut wuchs in gelben Tupfern und der sanfte Wind trug die Fetzen davon, als wären sie ohne Gewicht. Dann gab sie ihm den Block zurück und rief, er solle doch mich malen und heute denke ich, ich habe das wohl zugelassen, weil ich schon festgeschrieben war, durch meinen Namen, den die Eltern mir gegeben hatten. Jonas und ich, wir blickten uns zart über Jan und Delilah hinweg an und ich schickte ihm ein Achselzucken, einer Entschuldigung gleich und die Erlaubnis, er dürfe mich malen. Und er malte mich, eine Skizze, die mich schöner machte, als ich war, er zeichnete lange und ich hielt still. Als er fertig war, nahm er den Block und zeigte mir, wie er mich sah, ein zartes Wesen, schüchtern, verschämt, formbar und sehnsüchtig, mein Kinn hoch, der Blick weit, mir eine Strähne aus dem Gesicht streichend. Demütig und anmutig fiel mir dazu ein, so hatte ich mich noch nie gesehen. Ein scheuer, ein prüfender Blick zwischen uns, kurz haften bleiben aneinander und wieder verschämt zu Boden schauen, um wieder den Blick zu heben und einander zu treffen. Ich war nicht erfahren in der Liebe, ich hatte noch nie geküsst, noch nie die Hand eines Geliebten gehalten. Nun verspürte ich erstmals den Wunsch danach, während er mich ansah und an dem Grashalm kaute, an der vergilbten Schaukel lehnend.

Später, als wir uns bereits liebten, erzählte mir Jonas, er habe bereits an diesem abblätternden Spielplatz vor seinem inneren Auge gesehen, wie er sich später erinnern würde an mich, weil er zu lieben begonnen hatte in jenem Moment des Zeichnens. Es war ihm damals, als würde er irgendwann, irgendeine Art von Leben mit mir führen und dann zurückblicken auf diesen Moment, den er festhalten musste auf Papier. Ich glaubte ihm und freute mich darüber. Wenn er damals bereits gewusst hatte, dass wir uns später umarmen würden, traute ich ihm zu, mich immer wieder umarmen zu können. Und wenn es außerhalb meiner Macht stünde, mich gegen diesen Mann zu entscheiden, weil das Schicksal uns in Verbindung sehen wollte, würde ich glücklicher sein mit ihm, als mit jemand anderem. Verliebtheit ist, wenn man vergisst, dass alles auch ganz anders sein könnte. Wir lagen in meinem Bett, versicherten einander, dass wir uns liebten und bauten ein Luftschloss. Wir hatten eine Vision: Zuerst eine Mauer um uns herum, jeden Tag ein Steinziegel mehr, es war das Bild für unsere gemeinsame Zukunft. Und in dieses Luftschloss würden wir einziehen, wir würden es einrichten nach unseren Bedürfnissen, würden es ausfüllen mit unserer Liebe und unserem Lachen und für immer bewohnen. Als Zeichen für dieses Immer würden wir im Schlossgarten einen Apfelbaum pflanzen und käme es in einem Herbst zur Ernte, würden wir die abgefallenen und angebrochenen Äpfel vom Boden klauben, um sie zuerst zu verarbeiten, denn nur weil sie nicht mehr makellos wären, wären sie nicht minder süß und nahrhaft, und schließlich war das auch sicherer, denn so blieben die Wespen aus.

Natürlich verliebte sich auch Jan, denn Menschen sind dazu gemacht, sich zu verlieben. Delilah war ein schöner Mensch, sie leuchtete, wie konnte man ihm verübeln, sich die schillerndste unter den Frauen als seine Frau vorzustellen? In manchen Momenten, wenn ich an diese Zeit denke, glaube ich, jeder meiner Freunde hatte sich in Delilah verliebt. Auch Markus, vielleicht auch Tanja, ziemlich sicher auch Jonas. Denn Delilah war schön. Ich hätte nie hübsch gesagt, auch nicht gut aussehend. Sie fügte sich nicht in die Norm. Delilahs gesamte Erscheinung war schön, auch wenn eine Jury jedes Detail ihres Körpers als durchschnittlich bewertet hätte. Ihr Charisma jedoch machte sie zu einer strahlenden Person. Ihr Körper war ein Tanzen, jede Bewegung eine Figur, jede Regung eine Form ihres persönlichsten Ausdrucks. Ihr Gesicht schien skizziert und es lag etwas Unscharfes darin. Als sei sie durchscheinend, nur halb anwesend und mit ihrem einzigartigen Blick ständig auf der Suche nach Substanz. Die Suche, die sich über ihr Gesicht legte wie ein Schleier, war ein ständiges Öffnen für das Erscheinende, ein ständiges Wirken des sich Zeigenden auf ihre Seele. Ein saugendes Schauen, ein Erkennenwollen einer Stofflichkeit, des Urgrunds der Erfahrung einer Begegnung. Delilah ging auf jeden Menschen zu, als würde das Zusammentreffen ein Geschenk darstellen. Manches Mal fragte ich mich, wie man derart furchtlos durch das Leben laufen konnte.

Es lag in der Natur von uns Freunden, von Delilah gesehen werden zu wollen. Und je mehr sie aus uns heraussaugen wollte, desto geliebter fühlten wir uns. Und Jonas nehme ich da nicht aus, er liebte sie wie ich, auch wenn wir beteuerten, nur einander zu lieben, aber das kam später, zu der Zeit, als wir unser Luftschloss bauten.

Jedem Anfang wohnt ein Zauber inne. Wer hat das gesagt? Diesem Zauber kann sich niemand verwehren. Jan empfand ihn, wenn er Delilah ansah. Und Delilah fühlte diesen Zauber auch, in Verbindung mit vielen Menschen, auch mit Jan. Delilah war der Anfang, sie war der Zauber, furchtlos ging sie auf die Menschen zu und in Menschengruppen hinein, ganz anders als ich.

Auch ich war verliebt in Delilah. Delilah verursachte dieses Gefühl, sie verursachte es bei jeder und jedem, auch bei Jan. Jan aber glaubte, es gelte nur ihm.

Ich beobachtete Jan, dessen Aufgabe es war, Delilah im Kreis zu drehen, bis sie schwindelig wurde. Zuerst war er ihr noch gegenüber gesessen, als sie die Arme am Geländer abgelegt hatte und das Gesicht in die durch den Laubbaum brechende Sonne reckte. Mit jedem Besuch des abblätternden

Spielplatzes und mit jeder Karussellfahrt näherte er sich ein Stück. Bald saß er ihr fast zum Greifen nahe, während sie schwindelig in den Himmel sah. Ich beobachtete das auch auf unseren Spaziergängen: Hatte er sich früher eher abseits gehalten und sie aus der Ferne beobachtet, kam er ihr immer näher über diesen langen Herbst. Bald drängte er sich zwischen Delilah und mich, die ich immer nah an ihrer Seite spazierte, und er berührte sie scheinbar absichtslos und blickte ihr häufiger direkt in die Augen, wartend, ob sie auch in ihn hineinsehen werde. War er erst scheu und still gewesen, erzählte er nun immer öfter von Plänen für die Zukunft, von seiner gut situierten Familie, dem strengen Vater und der unzufriedenen Mutter. Er erzählte es uns allen, doch gerichtet war jedes Wort an Delilah und daran die Hoffnung gebunden, er könne sie für sich begeistern. Er warb um sie mit seinen bescheidenen Mitteln. Hoffte darauf, erkannt zu werden von ihr als liebenswerter Mensch. Er tat mir leid. Er war verliebt und jeder konnte es sehen.

Konnte Delilah es sehen? Bestimmt. Sie genoss seine Aufmerksamkeit, genoss das Umschwirren ihres Körpers dieses kleinen Käfers, ließ ihn immer wieder auf ihrem Arm sitzen, auf ihrer olivfarbenen Haut, verscheuchte ihn nie. Jan empfand das als Bestätigung, ich war mir da nicht so sicher.

War Delilah in ihn verliebt? Delilah war immer verliebt. Mit diesem eigenartigen Strahlen, das sie an den Tag legte, egal wem sie begegnete, erklärte sie jedem, sie sei in ihn verliebt. Ich spürte es auch, saßen wir zu zweit am Findling, unserer Naturfestung, strahlte sie mich an und ich fühlte mich geliebt. Auch Jan musste sich von ihr geliebt fühlen. Und in der Zeit, als Jonas mich in seiner Unschuld bereits als seine Frau in die Zukunft projizierte, tat dies Jan mit Delilah ebenso.

Aber Delilah spielte ihre Rollen. Sie nahm sich nicht ernst, sie war Geliebte und Liebende in diesem langen Herbst und noch vieles anderes, jeder auf sie gerichtete Blick brachte neue Rollen hervor. Manchmal näherte sie sich Jan, dann aber lachte sie ihr Was-soll-schon-passieren-Lachen und zog sich wieder zurück. Sie spielte seine Mutter, wenn er blaue Flecke darbot wie Wunden aus einem Schwertkampf, und tätschelte ihm den Kopf. Sie spielte seine beste Freundin, wenn er sich über Lehrer ereiferte und den für ihn so schwierigen Lernstoff, und sie spielte seine Lehrerin, wenn er Nachhilfe brauchte. Sie spielte Heilige, wenn er sich anbot, und Hure, wenn er abließ von ihr, sie war so vieles und doch nicht sie selbst, ihren wahren Namen kannte doch niemand; wahrscheinlich nicht einmal sie selbst.

Delilah liebte jeden und keinen, das war kein Geheimnis, Jan hätte es wissen sollen. Delilah glaubte nicht an die Liebe in der Form, wie wir es taten. Wir glaubten, wir seien in die Welt geschickt worden, um *den einen, die eine* zu finden und zu lieben und mit diesem Menschen zu leben bis in die Zukunft, bis zum Ende der Zukunft, bis zum Tod. Delilah jedoch erklärte, die Liebe sei immer da, sie liege auf der Straße, sie durchbreche den Beton wie Unkraut, das seine Blüten in die Luft recken wolle. Die Liebe verbinde jeden Menschen mit jedem Menschen, sie sei einfach da, immerzu und müsste weder gesucht noch gefunden werden, sie sprieße vor unseren Füßen als Geschenk.

Ich stelle mir Delilah gerade vor, wie sie auf einer Bühne voller Unkraut steht und Rollen spielt. Ich war damals bereits misstrauisch. Ich konnte ihr nicht glauben, sie war auch niemand, der es darauf angelegt hatte, dass ihm Glauben geschenkt würde. Sie sagte, sie spiele Rollen, sie sei keine Person, sie sei eine Variable in einer Gleichung, deren Ergebnis immer eine irrationale Zahl ergebe, bis ins Unendliche näher bestimmbar, ohne je rational zu werden. Und auch, wenn die Gleichung, die Bedingungen festgesetzt waren – ich und Jonas in Klammer addiert, Jan ein multiplizierender Faktor der Variable Delilah, Markus und Tanja unabhängige Faktoren – versuchte Delilah diese Bedingungen wieder zu lockern, die Gleichung neu zu definieren, als würde sie unsere Rollen nach Belieben tauschen, um das Ergebnis zu manipulieren.

Wir sechs Freunde saßen gemeinsam auf einer Decke am Spielplatz nahe dem dunklen Wald mit hellem Schafgarbensaum, über uns ragte eine Linde, neben uns die gelben Unkrauttupfer von Ambrosien, Johanniskraut und Hahnenfuß, das morsche Ringelspiel, die graublaue Schaukelstange. Wir saßen auf der Decke, während die Blätter und Samen auf uns regneten, das muss im langen Herbst damals gewesen sein. Es war bereits Abend, es muss ein Freitag oder Samstag gewesen sein, wir waren in Feierlaune und tranken Sangria. Wir spielten Wahrheit oder Pflicht und dieses Spiel vermag Leben zu ändern, das weiß jeder, der dieses Spiel kennt. Wir drehten die eine der beiden Flaschen, die bereits ausgetrunken war, auf der Decke und zitterten über jede neue Aufgabe oder Frage. Wir wussten, denn es flimmerte die Verliebtheit zwischen uns wie die Hitze auf trockenem Boden, dass alles passieren könne und wir wünschten uns die süßesten Begebenheiten. Wer würde küssen, wer würde sich messen müssen, wer müsste Ängste und vor allem seine Liebe gestehen? Die Flasche wurde von Markus gedreht und zeigte auf Tanja und sie entschied sich für Pflicht und dann musste sie ein Kunststück mit dem Rad aufführen und Markus pfiff vor Bewunderung und Tanja wurde rot, weil Markus pfiff und Jan wurde ungehalten, da er die Pflicht als zu einfach und langweilig beanstandete. Er nahm der protestierenden Tanja die Flasche aus der Hand und drehte sie und ärgerte sich, dass sie Jonas erwählte, aber dann kam ihm eine Idee. Jan grinste schelmisch mit blitzenden Augen und hochschnellenden Brauen, aber Jonas drehte sich kurz, seinen Blick vor mir verbergend, in Jans Richtung, gab ihm irgendein Zeichen und brummte dann »Wahrheit«. Jan grinste immer noch und fragte nach einigem Überlegen, welcher sein bester Fick gewesen war und sicher wurde ich rot und Jan merkte es und Jonas stöhnte über Jans kümmerlichen Versuch, etwas Drive in dieses Spiel zu bringen. Jonas aber war kein Spielverderber und mir wurde heiß, als er überlegte, denn bis zu diesem Zeitpunkt hatte ich nicht einmal daran gedacht, dass ich in einen Jungen verliebt sein könnte, der bereits Sex gehabt hatte. Er antwortete nur ausweichend: Den besten Sex habe er noch nicht gehabt. Ich denke, Jonas war bereits verliebt in mich an diesem Abend, denn dieser Satz bescherte mir Erleichterung, Hoffnung und Vorfreude, wie sie nur ein Liebender seiner Geliebten bescheren konnte, obwohl er mir dabei nicht einmal in die Augen sah.

Jonas wäre dran gewesen, doch aus Unzufriedenheit über die Antwort drehte Jan die Flasche noch einmal. Nun zeigte sie wieder auf Tanja, das Mädchen, das wie ein Junge aussah, und Jan freute sich, denn das freundschaftliche Netz zu ihr war nicht stark gebunden, also konnte er sie bloßstellen, selbst wenn sie ihm flehende Blicke oder Zeichen zuwarf, die das verhindern sollten. Delilah saß neben mir und ich warf ihr einen Blick zu, der verhindern sollte, was jetzt geschehen würde, denn sie war die Einzige, die jetzt noch intervenieren konnte, sie hatte Jan im Griff. Aber Delilah freute sich wie Jan und ihre Augen sagten: Die Liebe breitet sich auf dem Boden aus wie Unkraut, du kannst ihr nicht entrinnen.

Tanja wählte Pflicht und Jan klatschte aufgeregt in die Hände. Sein schelmischer Blick verriet bereits, was er vorhatte und Tanja versteckte verschämt ihr Gesicht in den Händen, bevor er es laut aussprach. Jan klatschte weiter im Takt und rief laut »Küssen! Küssen! Küssen!«, und hörte nicht auf, bis Tanja mit einem Ruck die Hände vom Gesicht zog, ihre Lippen auf Markus' Lippen presste und er ihren Kuss erwiderte, sanft, sodass Tanja entspannte und die Lippen weich wurden und den Kuss genossen. Wir applaudierten, denn mit diesem Tag waren Tanja und Markus ein Paar.

Dann nahm Delilah die Flasche, drehte sie und sie zeigte auf Jan. Und Delilah bestimmte, er solle Pflicht wählen und Jan, der Delilah hörig war, stimmte zu und tat dabei herablassend cool, als nähme er jede Herausforderung, gerade von Delilah, an. Aber Delilah spielte mit Jan und Jan hatte keine Chance, dieses Spiel zu gewinnen: Er solle nun seinerseits küssen und das Flackern in den Augen Jans ließ erkennen, wie sehr er Not gelitten hatte unter den ständigen Annäherungen und der Abwehr Delilahs. Er sehnte sich danach, seine Lippen auf ihre zu drücken, doch Delilah unterbrach ihn jäh mit der flachen Hand, als er auf sie zukam mit gespitztem Mund und befahl, er solle nicht sie, sondern Jonas küssen. Jan spuckte vor Entrüstung aus und schnellte zurück und weg von Jonas und Jonas tat es ebenso. Er rief laut »Sicher nicht!« und es verhallte erst im Wald. Wir anderen brachen in schallendes Gelächter aus. Manchmal denke ich, ich habe erst durch Delilah schallend zu lachen gelernt. Delilah aber bestand auf der Ausführung der Aufgabe, denn schließlich habe doch Tanja ebenfalls ihre Pflicht getan und wir riefen nun ebenfalls »Küssen! Küssen! Küssen!« und die Lippen von Jan und Jonas berührten sich tatsächlich spitz nach langem Zögern und mit zusammengepressten Lidern, nur ganz kurz und es war mir, als fühlte Jan seine ganze Männlichkeit abblättern mit dieser Berührung und versuchte sie mit dem hektischen Abwischen des Mundes wiederherzustellen.

So hatte Delilah Geschichte geschrieben an diesem Abend, er war uns allen in Erinnerung geblieben. Vor allem Jan, der später an diesem Abend mit Delilah ein klärendes Gespräch suchte. Ich hörte nicht, was sie sprachen, ich wusste nur, Jan war wütend. Wahrscheinlich hatte er die Szene als Demütigung empfunden und stellte sie zur Rede. Sie entfernten sich ein paar Meter von uns, der Körper Delilahs auf der Wiese vor dem orangen Licht der Dämmerung lag im Schatten, doch ihre konturlose Silhouette ließ erkennen, welche Rolle sie spielte: Sie beschwichtigte, lachte ihr Was-soll-schon-passieren-Lachen, tat seinen Ärger ab, wehrte sich, während Jans Körper verspannt insistierte, seine Stimme lauter wurde, der Groll aus ihm sprach, ohne dass ich verstehen konnte, um was es ging. Delilahs Schatten jedoch wurde von Minute zu Minute weicher, kleiner, fügsamer und Jans größer, stärker und bestimmender. Sie kamen sich näher, Delilah in ihrer Rolle, Jan als ganzer Mensch und dann küsste er sie, plötzlich und vehement.

Die Linde steht übrigens immer noch, ist zwanzig Jahre älter geworden, aber zeigt sich wie damals. Manchmal spaziere ich am Spielplatz vorbei und sehe, wie Jugendliche unter ihr sitzen und vielleicht genau dasselbe Spiel spielen wie wir damals, naiv und ohne Wissen, dass es Leben verändern kann.

Als Jan bei unseren Besuchen am abblätternden Spielplatz am Karussell auf den morschen Sitzflächen bis an Delilahs Seite vorgedrungen war und Delilah die Arme nicht mehr nach beiden Seiten ausbreiten konnte, ohne dabei Jan zu umarmen, und Jan statt Delilah nun seine

Arme ausbreitete und damit Delilah umarmte und sie begrenzte, weil sie sich nicht mehr zurücklehnen und in den Himmel schauen konnte, wusste ich, sie waren zusammen und Jan glaubte, das sei real, während Delilah eine Rolle spielte. Jan hatte nicht abgelassen, war immer näher vorgerückt zu Delilah und glaubte, sie nun an sich gebunden zu haben. Er wusste nicht, was ich von Delilah wusste, sie hatte es nur mir erzählt. Ich weiß nicht mehr genau, wann sie den entscheidenden Satz zu mir sagte, die Erinnerung verrinnt wie ein Aquarell, wahrscheinlich waren wir am Findling, unserer Naturfestung. Sie sagte, das Leben sei ein Schauspiel, es komme nur darauf an, wie gut du bluffen könntest, und fügte dann hinzu: Im Theater des Lebens kannst du Rollen einnehmen und in ihnen die Freiheit des Geistes entdecken.

Jan wusste ja nicht, dass Delilah jeden liebte, dass Delilah auch andere als ihn liebte, sie ging durchs Leben furchtlos und offen, sie ließ jeden ein in ihr Herz. Hätte Jan gewusst, was nur ich wusste in dieser Zeit, dass sie bei der Gartenparty und bei vielen anderen Gelegenheiten einen Mann zu sich nach Hause mitnahm und Jan hingegen so lange abgewehrt hatte, er hätte sich wie ein Narr gefühlt. Hätte er gewusst, dass seine Liebe in einen Topf gepflanzt war, wo ausschließlich eine Blume heranreifen könnte und Delilahs Liebe aus dem Boden spross wie Unkraut, er hätte vielleicht nicht versucht, sie an sich zu binden. Aber Jan war zumindest glücklich in jenem Moment, in dem er die Arme ausbreitete und Delilah umarmte, denn er bemerkte Delilahs verändertes Lachen nicht. Ich erkannte an ihrem Lachen, dass sie ihn verletzen würde. Als Jan neben ihr saß und seine Arme um ihre Schulter ausbreitete und Delilah nicht mehr den Kopf in den Nacken legen und in den Himmel schauen konnte, lagen in ihrem Lachen ein Wunsch und die Trauer wegen seiner Unerfüllbarkeit.

Ein Wunsch, der dem entgegenstand, was sie in ihrer Rolle behauptete. Vielleicht war Delilah zu frei für die Liebe, wie wir sie verstanden, eine Liebe, die sich an den einen oder die eine band und vielleicht wünschte sie sich mit diesem Lachen, die Liebe wie wir zu sehen. Nicht als Unkraut, das durch Beton brechen konnte, das die Bühne überwucherte, das ihre Blüten gen Sonne richtete, sondern als Luftschloss, das von einem Wir gegen die anderen errichtet wurde.

Der klirrende Winter

… ihr Körper vor dem grauweiß verhangenen Himmel prangte wie ein Schatten vor dem Fenster …

Während Jan und Delilah, Tanja und Markus, und ich und Jonas uns annäherten, die ersten zufälligen Berührungen mit Gänsehaut stattfanden und erste Küsse und Umarmungen getauscht wurden, endete der damals so lang andauernde Herbst und ging über in einen klirrenden Winter. Wir unternahmen viel, mieden im klirrenden Winter aber das Draußen, die erst sumpfigen, dann erfrorenen Felder und den kahlen Wald und den Spielplatz, dessen metallene Geräte klamm und einsam auf den Frühling warteten. Wir wählten den Schulweg über Beton, anstatt den Weg durch den Wald, der im Winter so bedrückend still geworden war. Nachmittags verschanzten wir uns in den Häusern der Eltern, in den warmen Zimmern, in denen weiche Betten standen und Fernseher romantische Filme zeigten, und legten uns am Teppichboden nebeneinander. Wir trieben Scherze miteinander, neckten einander wie kindlich Verliebte, es war mir, als lernte ich in dieser Zeit erst lauthals zu lachen. Auch Jonas lachte viel, vor allem lachte er mich an. Es war ein Wunder, wir waren Freunde. Mein ganzes Leben lang hatte ich Freunde gesucht und als Delilah in unsere Klasse kam, war die Freundschaft aus dem Boden gewachsen wie Unkraut.

Ich war aber in Jonas verliebt und Jonas in mich und Liebe macht beizeiten etwas kurzsichtig, wenn nicht blind für alles andere. Unsere Blicke galten einander und ausschließlich uns, als seien unsere Freunde nur Statisten in einem Theaterstück unserer Verliebtheit. Wir fühlten uns geborgen und sicher miteinander und wir fühlten ein absolutes Wollen, es miteinander zu versuchen, auch wenn wir nur eine vage Vorstellung davon hatten, was wir versuchen wollten. Wir ließen unsere Freunde außen vor. Wir setzten Stein auf Stein und errichteten eine Mauer um uns, die vor den Blicken der anderen schützte und aus der ein Luftschloss werden sollte, erbaut auf einem Wolkenschiff unserer Vorstellung von Liebe. Wir zogen in den Himmel, setzten uns auf die Bank im Schlossgarten und schauten über die Erde, die aus unserer Perspektive klein und unbedeutend schien. Wir schwebten über den Dingen, waren kreativ in der Gestaltung, nichts musste geschehen, wie andere es geschehen ließen, ganz frei fühlten wir uns in unserem Luftschloss, das unser Schicksal war. Wir erschufen ein kleines Paradies miteinander, richteten uns ein in den gemütlichen Zimmern, schliefen miteinander in Laken, die nach Wolken rochen, pflanzten einen Apfelbaum im Garten und stellten uns vor, wir ernährten uns von nichts als seinen Früchten. Wir sahen die Erde sich unter uns drehen, das Spiel der Menschen, auch unserer Freunde, die weit weg waren und gefangen in dem Glauben, sich von der Vergangenheit in die Zukunft retten zu müssen, doch wir waren außerhalb der Bedingungen der Zeit und saßen lange, jung und schön und ohne Furcht auf unserem Aussichtsplatz, weit, weit weg. Ein Wir war geboren. Ein Wir, das sich abhob, das anders war, das bedeutend erschien. Ein Wir als Paar in einem Luftschloss, das wir einrichten könnten, wie wir wollten. Wie schön Liebe sein kann, wenn beide nach dem gleichen streben. Im klirrenden Winter legten wir den Grundstein für unsere gemeinsam fantasierte Zukunft und vergaßen dabei fast unsere neugewonnenen Freunde.

Hatte ich erst gelernt, lauthals zu lachen in Geborgenheit und Sicherheit, schien mir, Delilah lachte seltener. Ich nahm es nur vom Schlossgarten aus wahr, manchmal, wenn ich gerade Zimmer einrichtete, nur als Ahnung hinter einer Mauer. Vor allem ihr Was-soll-schon-passieren-Lachen wurde rar. Das Lachen, in dem ein Wunsch lag und Trauer, wegen dessen Unerfüllbarkeit, trat an seine Stelle. Das Strahlen verschwand fast, nur ein Schimmern blieb übrig. Während die Körper der Freunde mit immer weniger Abstand voneinander auf dem Teppichboden lagen, wir gänzlich die Furcht voreinander verloren und uns bald weich aneinander schmiegten, wurde Delilahs Körper härter und kantiger, lag am Rand und misstraute den anderen. Während wir wie selbstverständlich Pläne schmiedeten und uns für den nächsten Tag verabredeten, behauptete Delilah nun häufiger, sie habe schon etwas vor, oder müsse etwas Dringendes erledigen. Während wir uns gemeinsam auf anstehende Prüfungen vorbereiteten oder Hausaufgaben voneinander abschrieben, ging Delilah allein zur Nachhilfe. Und als wir einen gemeinsamen Urlaub für den Sommer nach der Reifeprüfung, den Sommer unseres Lebens, planten, klinkte sie sich aus der Diskussion über unser Ziel und die Fantasien von Stränden, Palmen und Meer aus. Mit jedem Tag wuchsen wir stärker zusammen, doch Delilah entfernte sich.

Ich weiß zumindest von einem Abend, an dem wir (oder nur ich?) bemerkten, wie fern sie uns geworden war. Wir hatten vereinbart, es muss ein Samstag, ja, ich bin mir sicher, es muss im klirrenden Winter gewesen sein, mit dem Bus in die Stadt zu fahren, um zu feiern. Das taten wir fast jeden Samstag, es war nichts Neues, also zählten wir von Wochenende zu Wochenende auf jeden unserer Freunde. Wir waren jung und *Fortgehen* war ein Pflichttermin, wir schlugen uns mit Alkohol die Nächte um die Ohren, wir lebten, wir feierten das Leben, wir probierten uns aus, wir lachten und tanzten, sogar ich, da es mich Delilah gelehrt hatte. Und Delilah war diejenige, die es verstand, einen unterhaltsamen Abend für alle zu arrangieren, sie war sich für keinen Spaß zu schade, wie zum Beispiel damals, als wir Lachkrämpfe erlitten, als wir draußen im Regen Sangria auf dem Tisch im Gastgarten verschütteten und Delilah die Lache vom Lack ableckte und ein Typ vorbeikam, der ihre lange Zunge dreckig lobte. Und sie ihn direkt und verführerisch fragte, ob er sie anspräche, weil er ihre Zunge auf seinem Schwanz spüren wolle, und es ihm die Sprache verschlug, weil sie aufstand dabei und ihn wegzog Richtung Toilette und dann die Kuhle voller Regenwasser im Gastgartenschirm von unten nach oben drückte und ihm damit das Wasser über die scheußliche Gelfrisur kippte. Es war nie langweilig mit ihr. Doch an diesem Wochenende mussten wir auf Delilah verzichten und sie spielte ihre Rolle gut, wir wurden nicht misstrauisch, als sie angab, mit ihren Eltern in eine weit entfernte Stadt zu fahren, um lange nicht gesehene Verwandte zu besuchen. Wir fuhren also allein – wie gut, dass wir nicht allein gewesen waren, sondern Freunde hatten – aber eben ohne Delilah durch kalten Regen und eisigen Wind geschützt im Bus in die Stadt und hatten bereits eine leere Flasche Sangria, die Erinnerung an den langen Herbst damals, auf dem Schoß. Das meiste hatte Jan getrunken, ich weiß nicht warum, vielleicht hatte er mit Delilah gesprochen und etwas geahnt oder er vermisste sie einfach, oder er hatte wieder einmal Probleme mit seiner Familie. Jedenfalls war er schon im Bus angetrunken, aus was für einem Grund auch immer, und während wir, Tanja, Markus, Jonas und ich, miteinander über unser Ziel diskutierten, die Bar in der und der Straße oder die Kneipe an dem und dem Platz, oder doch die Disco, nahm ich Jan wahr, wie er durch das Fenster starrte, abwesend in irgendeinem Nirgendwo zwischen hier und dort. Seine Züge waren weich, doch seine Stirn streng, sein Geist irgendwo auf der nassen Straße, die wir befuhren, und sein Blick suchte Anker am Weg, er fixierte einen Baum, ein Haus, eine Bushütte, an der niemand stand, und folgte ihnen im Vorbeifahren mit dem Blick und richtete ihn wieder geradeaus, zum nächsten Anker. Er wirkte wie ein Abtrünniger unter Freunden. Sein Blick glich dem Blick Delilahs, als …

Vor meinem inneren Auge sehe ich Delilah abwesend und sinnierend. Ich muss das kurz erzählen, es muss auch im klirrenden Winter gewesen sein, denn das Kupfer von Delilahs Haar war dumpf und die teichgrünen Augen glitzerten nicht. Sie saß auf der Fensterbank in meinem Zimmer, hinter ihr der kahle Apfelbaum und der Teich umrandet von dunkelbraunem und sprödem Schilf, doch den Garten sah ich nicht, ich schaute von unten zu ihr hinauf und sah nur den verhangenen Himmel. Tanja und Markus lagen sich umarmend auf dem Teppichboden, ihre Augen geschlossen, fast schlafend. Delilah saß auf der Fensterbank und blickte auf uns, als würde sie nicht dazugehören. Sie schaute aus der Höhe auf uns und durch uns hindurch. Dann wandte sie den Kopf und schaute durch das Fenster in den kahlen Wald hinein. Kühle Einsamkeit strahlte sie aus, ihr Körper vor dem grauweiß verhangenen Himmel prangte wie ein Schatten vor dem Fenster. Jan stand auf und schlich zu ihr. »Erde an Delilah!«, flüsterte er, nahm ihre Hand und Delilah zuckte, als fahre ihre Seele wieder in den Körper ein. Wo sie gewesen sei, fragte er grinsend und sie sah ihn unverwandt an, etwas abweisend, etwas distanziert, als könne sie gerade nicht nachvollziehen, wie sie in dieses Zimmer gekommen sei. Nirgends sei sie gewesen, murmelte sie und fügte sich mit einem Lächeln in ihre Rolle. »Alles ist gut«, beruhigte sie und gab Jan einen Kuss mit geschlossenen Lippen auf den Mund.

Delilah war ein Zugvogel, sie war vom Norden in den Osten in den Westen gezogen und nun bei uns im Süden gelandet. Damals glaubte ich, sie würde bei uns bleiben.

Als Delilah Jan mit spitzen Lippen küsste, vom Fensterbrett aus vor der Kulisse des verhangenen Himmels, war das wohl Theater. Sie spürte seine Nervosität. Sie wusste wohl, was er dachte. Warum war sie nicht bei ihm und schwebte allein im Himmel über den Dingen, ohne ihn auch nur wahrzunehmen? Sie waren doch zusammen, er liebte sie, er begehrte sie, für ihn gab es nur Delilah, warum gab es für sie nicht nur Jan, sondern auch den Himmel? Sie küsste ihn, dann schob sie ihn weg auf ihre neuerdings so kantige Weise und hüpfte von der Fensterbank. Nichts war mehr weich an ihr, nichts Fügsames sprach aus ihrem Körper, sie war hart und zäh. Und mit Delilahs Härte verwandelte sich auch Jan. Was los sei, fragte er. Und Delilah erwiderte, sie habe nur geträumt und dass das nichts mit ihm zu tun habe. Aber Jan wusste, sie hätte das nicht bemerkt, wenn es nichts mit ihm zu tun hätte, und packte sie am Arm. Delilah erschrak ein bisschen und sah ihm dann fest in die Augen. Er erwiderte den Blick, umfasste mit der anderen ihre Hüfte und zog sie zu sich. Becken an Becken standen sie da und schauten sich an. Dann küsste Jan sie. Leidenschaftlich schob er ihr die Zunge in den Mund, mir wurde schlecht bei der Vehemenz. Doch Delilah wurde weicher, aufmerksamer, presste ihr Becken an seines. Als sie sich voneinander lösten, flüsterte Jan mit einem warmen Lächeln im Gesicht Delilah etwas zu.

Sie erzählte mir erst ein paar Tage später, was er ihr zugeflüstert hatte, aber zuvor muss ich zurückgehen oder in der ewigen Zeit nach vorne, in die Nacht, in der Delilah bei Verwandten war und Jan aus dem Busfenster starrte, wie Delilah durch das Fenster in meinem Jugendzimmer, weil er vorher mit Delilah gesprochen und etwas geahnt hatte, oder seine Familie wieder einmal Probleme machte.

Jan starrte aus dem Busfenster und ich beobachtete ihn eine Weile, dann stieß ich Jonas an, er solle Jan aus seiner Grübelei holen. Schließlich gab Jan die letzte Stimme ab und wir entschieden uns der Mehrheit entsprechend für eine Kneipe und danach die Disco. Und es war ein sehr lustiger Abend, das weiß ich noch.

In der Disco suchten wir uns einen Platz in der Ecke, abseits des Raums, in dem die Menschen tanzten und grölten und hüpften und Schnaps in ihre Kehlen stießen, denn wir waren zufrieden miteinander, wenn Delilah nicht dabei war, sonst hätten wir uns ihretwegen mitten in diesen Trubel geworfen. Ich saß an einem Bankende und die anderen vier in eine Nische gedrückt, also hatte ausgerechnet ich die Tanzfläche und die Bar im Blick und da sah ich sie. Delilah, an der Bar mit einem Mann, den ich nicht kannte.

Ich sagte bereits, dass Delilah schön war. Aber wenn sie schön sein wollte, war sie noch schöner. Man erkannte das an ihrem Körper, sie füllte ihn nicht mehr ganz aus, war außerhalb davon, bestimmte nicht mehr über ihn, eher folgte der Körper ihrem Geist. Er war ein Anhängsel, während sie sich voller Begeisterung hingab. Dieser Mann neben Delilah hatte Interesse an ihr, sie zog ihn an. Er baute sich mächtig vor ihr auf, einem Löwen gleich, der seine prächtige Mähne in der Sonne präsentiert. Man konnte ihm die Raubkatze ansehen, wie sie sich lauernd dem Opfer näherte, bereit, es anzufallen und zuzubeißen. Delilahs glucksendes, trunkenes Lachen, ihr verschämter Augenaufschlag, ihre dünne, fast kindlich anmutende Stimme, die hörte ich nicht, aber ich sah, dass sie es darauf anlegte, sich zu verschenken.

Sie hatte ihren Namen nicht etwa gewählt, weil ihr der ursprüngliche nicht gefallen hatte. Sie berief sich auf diesen Namen, weil er erklären konnte, was sie selbst nicht verstand. Eine Handlung war immer eindeutig, während ihr Denken, ihr Geist, die Uneindeutigkeit bevorzugten, die sie in ihrem erfundenen Namen wiederfand. Sie selbst bezeichnete ihr Tun als Reaktion auf das Umfeld, kein eigenes Wollen war dahinter, eher ein Bestimmtsein von Menschen, Dingen und Situationen. Ihre eigenen Gefühle nahm sie dabei kaum wahr, es zählte das Miteinander und die Frequenz des Kommunizierens. Manchmal erschien mir Delilah wie eine Marionette, die sich selbst an den eigenen Fäden zog, auf Theaterbühnen Rollen spielend, ihr Körper nur ein Mittel zum Zweck.

Delilah war da, an der Bar in der Disco, obwohl sie bei Verwandten hätte sein sollen, und das erklärte mir Jans Blicke durch das Busfenster. Voller Furcht schaute ich ihn vom Ende der Sitzbank aus an, in seiner Unwissenheit lachte er gerade über irgendeinen Scherz von Tanja und dann hob er sein Glas und leerte es in einem Zug. Ich schaute wieder zu Delilah.

Die Luft zwischen dem jungen, stolzen Löwen-Mann und Delilah war irgendwie dicker im Vergleich zur übrigen, ich kann es nicht besser beschreiben. Der Raum um sie herum war fester, niemand konnte in ihn eindringen. Begeisterung zwischen ihnen, Delilahs Körper reagierte auf den seinen, passte sich an, ein Tanzen entstand zwischen ihnen, kein Nachdenken mehr, nur Aktion und Reaktion, die Neugierde in Delilahs Augen, ein kokettes Lächeln, ein nachsichtiges Schauen, eine gezielte Provokation, eine entzückte Empörung, ein Offenlegen aller Möglichkeiten. Ich beobachtete sie eine Weile. Sie war schön. Unbedarft und sorglos, furchtlos erschien sie, das Gespräch zwischen den beiden ein einziger Rausch. Dabei war sie doch immer so. Sie war doch immer so und ich wusste es, sie machte auch mich in jedem Gespräch zu jemand Besonderem, sie tat es mit jedem. Am liebsten hätte ich Delilah beiseite genommen und gesagt: »Du kannst doch nicht jedem das Gefühl geben, er wäre der Nabel der Welt. Er verliebt sich in dich und ich weiß genau, dass du morgen kein Interesse mehr an ihm hast. Und denk doch an Jan, er sitzt dort und glaubt, du seist bei Verwandten, oder ahnt, dass du es nicht bist und dann solltest du ihm doch zeigen, dass du bei ihm bist! Er wird sich verraten fühlen. Gedemütigt. Missbraucht. Und der Löwen-Mann doch auch, das kannst du nicht tun!« Doch sie glaubte wohl fest daran, wenn sie sich zeigte, würde sie gesehen werden und wenn sie schaute, würde ihr Gegenüber sich zeigen und dadurch entstünde etwas, das erhabener war als hohle Konformität – eine Begegnung. Delilah war eine aufgerissene Wunde, die alles in sich aufnahm. Jan begrenzte sie, aus seiner Liebe zu *der einen*, die gerade sie war. Aber das sehe ich erst heute so. Damals war ich schockiert, denn sie verließ mit dem Löwen-Mann das Lokal. Ich hätte zu ihr gehen sollen. Ich habe verabsäumt, ihr zu sagen, dass sie sich schützen musste, da sie so unbesonnen und furchtlos war. Hätte ich sie gewarnt, wäre vielleicht nichts passiert.

Wir saßen doch einmal, nur wir beide, auf dem Findling, unserer Naturfestung, mitten im klirrenden Winter und sprachen über die Liebe und wie sie sich zeigt. Der Fels, der an den Rändern gefrorene Bach, die kahlen Bäume über unseren Köpfen, da muss es gewesen sein, dass sie von der Liebe sprach, die sich zeigt als Unkraut, das überall wachsen könne, während sie in den Himmel schaute. Jan habe ihr in meinem Jugendzimmer, nachdem sie von der Fensterbank vor verhangenem Himmel gesprungen war und er sie geküsst hatte, zugeflüstert: Du bist meine Frau. Und für einen Augenblick war ihr diese Rolle nah gewesen, hatte sie sich darin zurechtgefunden, konnte sie die Weite ihres Geistes spüren in der Enge dieses Spiels. Konnte sie spüren, wie er sie und sich selbst erhöhte und in einen Himmel emporhob, den sie noch nicht kannte. Wie er ein Wir erschuf, entgegen den anderen, ein Wir, das sich abhob, das anders war, das bedeutend erschien in einem Himmel, den sie nie durchflogen hatte bis zu diesem Zeitpunkt. Sie sah sich und ihn und zwischen ihnen das Band, das er als Liebe bezeichnete, und fand es beflügelnd. Und die Lust, sie kroch aus ihrem Schoß hervor, als wolle sie ihrerseits diesen Mann in sich aufnehmen, von ihm Besitz ergreifen, ihn fesseln und einsperren nur für sich, zu ihrem Vergnügen. Aber…

Dann sah sie in den weißgrau verhangenen Himmel vor kahlen Bäumen. Vom Findling, unserer Naturfestung, stürzte sie in die Weite. Sie sprach es klar aus und ich hörte eine gewisse Kampfeslust, aber ohne die geringste Tendenz, jemanden verletzen zu wollen: »Ich sei seine Frau, flüsterte Jan, nachdem er mich geküsst hatte, aber ich gehöre doch niemandem.«

Dieser Satz stellte alles in Frage und ich schaute zu Boden und verachtete sie. Sie stellte mich und meine Liebe in den Schatten der alles durchbrechenden, wie Unkraut wachsenden Liebe. Sie saß am Findling und fiel in den verhangenen Himmel hinein. Dann sah sie mich an, aber ich traute mich nicht, ihren Blick zu erwidern.

… sie habe sich nur verlaufen …

Als das Klingeln des Telefons mich aus dem Schlaf riss, wusste ich sofort, dass sie es war. Sie konnte nicht einmal sagen, wo sie war, sie hatte diese Ecke der Stadt noch nie betreten. Sie nannte mir einen Straßennamen, heulend, ich konnte sie kaum verstehen. Ich verfluchte sie innerlich, denn ich wusste, dass irgendetwas geschehen sein musste. Ich hatte bereits geahnt, dass es geschehen würde, als sie mit dem Löwen derart unbedarft und vertrauensselig das Lokal verlassen hatte. Ich stieg in das Auto meines Vaters und fuhr, noch betrunken, zu der Straße, auf der ich sie kauernd, den Kopf zwischen die Knie geklemmt, unter dem Straßenschild fand, und hielt direkt vor ihr. Sie hatte aufgehört zu heulen, regte sich nicht, als würde sie mich nicht bemerken. Das Licht der Laterne legte sich wie eine Decke über ihren zusammengekauerten Körper und sogar im Elend erstrahlte sie in wundersamer Schönheit. Ich stieg aus, legte ihr behutsam die Hand auf den Rücken. Sie zuckte und atmete hörbar aus. Was denn los sei, fragte ich. Nichts, meinte sie, sie habe sich nur ein wenig verirrt. Alle Wege sähen hier gleich aus, jedes Wohnhaus sei eine Kopie des vorhergehenden, sie habe sich verlaufen und den Weg nach Hause nicht gefunden, es sei gut, dass ich da sei. Ich half ihr hoch und führte sie zum Auto. Sie zitterte und bewegte sich wie ein geprügelter Hund, alles an ihr schien verlangsamt. Sie lachte ihre zweite Art zu lachen, liebevoll ihrem eigenen Selbst gegenüber und allen Unzulänglichkeiten und entschuldigte damit ihre Fehler. Ich setzte sie auf die Rückbank und nahm sie mit zu mir.

Zuhause fragte sie, ob sie die Dusche benutzen dürfe und bat um eine Jogginghose und ein T-Shirt, bevor sie im Bad verschwand. Ich setzte mich an meinen Schreibtisch und hörte in die stille Nacht, das ruhige Haus, hörte, wie sie das Wasser aufdrehte. Hörte das leise Quietschen des rostigen Scharniers vom kleinen Mülleimer unter dem Waschbecken, wie sich der Deckel hob und senkte. Hörte sie die Duschwände schließen und das Prasseln dumpfer werden, als sie sich unter den Strahl stellte. Ich saß da und hörte ihr beim Duschen zu. Lauschte dem dumpfen Niederfallen der Tropfen auf ihren Körper. Ein rhythmisches Regnen, mal dünner, mal lauter, je nachdem, wie sie sich darin bewegte und ich glaubte ein Schrubben zu hören, als würde sie sich mit Sandpapier die Haut vom Körper reiben. Die Minuten vergingen. Bald war nur noch ein eintöniges Tosen zu vernehmen. Sie rührte sich nicht. Ich zögerte noch. Dann stand ich auf. Öffnete die Tür zum Badezimmer, fand sie sitzend in der Duschwanne, die Stirn auf den Unterarmen, die Unterarme auf den angezogenen Beinen abgelegt. Das Wasser trommelte schwer gegen ihren Kopf und rann an ihrem nackten Körper herunter. Es dampfte und roch nach Seife. Ich öffnete die Duschwände und griff nach ihrem Ellbogen. Delilah hob den Kopf. »Komm!«, sagte ich. Ich zog sie hoch und aus der Dusche, nahm das Handtuch und trocknete ihre heiße Haut, ihr Haar. Half ihr beim Anziehen, brachte sie in mein Zimmer, legte sie in mein Bett, zog ihr die Decke bis zu den Schultern.

Ich solle mich zu ihr legen, bat sie. Ich kuschelte mich schützend an ihren Körper. Was denn passiert sei, fragte ich. Delilah flüsterte, sie habe sich nur verlaufen, ein bisschen verwirrt sei sie heute, sie habe die Erde vom Himmel nicht mehr unterscheiden können, Norden von Süden und Ja von Nein, der innere Kompass sei ihr kurz abhandengekommen und dann habe sie plötzlich Angst gehabt. Diese Angst sei furchtbar. Wie ich es nur aushalten könne mit dieser Angst, Tag für Tag, damit könnte sie nicht leben. Da ich diese Angst gut kannte, tröstete ich sie. Mit der Linken umfasste ich ihre Brust, drückte ihren Busen sanft an den Oberkörper und spürte ihren Brustkorb, er hob und senkte sich gleichmäßig. Mit der rechten Hand strich ich ihr das nasse Haar aus dem Gesicht hinter das Ohr, dann fuhr ich von hinten zwischen ihre Beine und legte meine Hand sanft ab an ihrer Scham.

Am nächsten Morgen fand ich ihre schmutzige Unterwäsche im kleinen Mülleimer. Ich ließ sie schlafen und ging hinunter in die Küche, um zu frühstücken. Als ich wieder hinauf in mein Zimmer kam, stand Delilah nackt vor dem Spiegel. Ihr Körper olivfarben. Sie sah sich nach mir um, lächelte mich an und als sie meinen betroffenen Ausdruck sah, zog sie sich die Hose und das Shirt wieder an, lachte glockenhell, jeder Ton fern der Angst und fragte, was wir heute anstellen würden.

Ich setzte mich auf die Bettkante und meinte, sie solle mir jetzt genau erzählen, was gestern passiert sei. Nichts, sagte sie, gar nichts sei passiert. Betrunken gewesen sei sie, nichts weiter und dann habe sie jemanden getroffen, der sei ihr sympathisch gewesen. Was genau sie an ihm ansprechend gefunden hätte, wisse sie nicht, aber sie habe in seinen Augen ein Funkeln erkannt, er sei es gewesen, der sie unbedingt haben wollte, und diese Unbedingtheit habe ihr imponiert. Sie fügte hinzu, sie möge eben unverschämte Männer, die strahlten eine Strenge aus, in die sie sich hineinbohren wollte, um an das weiche Innere zu kommen und um es dann heraus zu schlürfen. Es sei ein Spiel gewesen und er spielte es gut. In seinen Bewegungen sei eine gewisse Distanz deutlich geworden, die sie ständig zu überbrücken versuchte. Und wenn sie sie überwunden habe, sei er wieder einen Schritt zurück getreten und sie habe ihm neuerlich folgen müssen. Sie sei ihm immer wieder zugelaufen an diesem Abend, wie ein streunender Hund, der sich ein bisschen Liebe und Zuneigung erhoffte und dann sah ich, wie sie den Kopf schüttelte, als habe sie diese Rolle noch nie gespielt, das war doch eher die Rolle Jans. Und ich erinnerte mich an das Bild, das sich mir in der Nacht gezeigt hatte, das Bild eines geschlagenen Hundes, der verwirrt auf der Straße saß.

Dann erzählte sie, was ich gesehen hatte – sie habe mit ihm das Lokal verlassen. Mit dem Auto fuhr er sie zu sich nach Hause. Delilah sei aufgeregt gewesen, das konnte ich mir bei ihrer Furchtlosigkeit gar nicht vorstellen. Denn er habe etwas an sich gehabt, schob sie hinterher, das sie zwar anziehend gefunden, aber nicht recht einschätzen habe können. Sie lachte wieder das liebevolle Lachen gegenüber sich selbst und all ihren Unzulänglichkeiten. Du weißt doch, wie ich bin, meinte sie lakonisch. Und ich dachte bei mir, ja, ich weiß, wie du bist, du glaubst an das Gute und das Schöne und an die Liebe, die wie Unkraut Beton durchbrechen kann, und vergisst dabei all die Gefahren.

Er habe ihr seine Katze präsentiert, als sie in seiner Wohnung im ersten Stock eines Gemeindebaus angekommen waren, ein roter Tiger, etwas scheu und er habe ihr die selbstgebaute Katzentreppe vom Fenster in den Garten gezeigt und als sie sich vornüber aus dem Fenster gelehnt habe, um sie zu bewundern, wie man das als Frau nun mal mache, habe er seinen harten Schwanz an ihrem Arsch gerieben. Nein, habe sie gesagt, er solle das lassen, habe sie gelacht. Er aber sei mit der Hand zwischen ihre Beine gefahren und es habe ihr gefallen, aber es sei ihr zu schnell gegangen, also habe sie die Hand weggedrückt. Da er enttäuscht gewirkt habe, habe sie kokett geflüstert, er solle ihre Erlaubnis abwarten.

Ich lauschte gebannt ihrer Geschichte, schaute ihrem Mienenspiel zu, ab und zu lächelte sie verschämt oder stockte.

Er habe schließlich von ihr abgelassen und ihr Wein eingeschenkt und sie hätten den Fernseher aufgedreht und irgendeinen Horrortrash angesehen, während seine Hände immer wieder zu ihr herüber gewandert seien und sie immer betrunkener geworden sei. Ungeduldig und gierig habe er irgendwann gemeint, sie solle sich jetzt endlich ausziehen und sie habe wieder Nein gesagt, es sei ein Spiel gewesen. Ein Spiel von Aktion und Reaktion, ihre Körper ein Tanz, dachte ich.

Dann wisse sie von nichts. Sie habe ein Blackout gehabt, wie lange könne sie nicht sagen. Als sie wieder zu Bewusstsein gekommen sei, sei sie auf dem Rücken in seinem Bett gelegen und seinen Bauch habe sie zuerst im Blick gehabt und Schweiß habe sie gerochen und sie habe auch bemerkt, dass er sich rhythmisch über ihr bewegte. Sein Schwanz habe in ihr gesteckt, sie sah aber nur den behaarten Bauch, hart und fest sei er über ihr im Rhythmus geschwebt und seinen Atem über ihrem Gesicht habe sie gehört, ein mühsames Keuchen. Sie sei erschrocken, denn sie wusste nicht, ob sie Ja gesagt habe. Ob sie dem zugestimmt habe. Sie habe dann bemerkt, dass sie sich nicht wehrte und dachte, sie müsse zugestimmt haben, denn sonst würde sie sich wehren. Dann kam der Ekel. Sie habe sich vor dem Geruch geekelt und vor seinem Keuchen und diesem furchtbaren Wanst. Auf seiner Brust habe sich der Schweiß gesammelt und sei auf ihre Brust getropft. Sie habe nicht mehr den Himmel von der Erde unterscheiden können, Norden von Süden und

Ja von Nein, doch was sie dann spürte, war plötzlich und ganz abrupt ein eindeutiges Nein und sie habe ihn weggeschoben, mit den Handballen an seinem Bauch, an seiner Brust, und bestimmt: »Nein, lass mich, geh weg.« Und er habe mit gequält klingender Stimme versucht zu beruhigen, er sei gleich fertig. Jedenfalls sei er nach ein paar Minuten tatsächlich fertig gewesen. Dann sei er sofort in die Küche verschwunden, um Bier zu holen. Nun sei Leichtigkeit in seinen Bewegungen gelegen, die Anrüchigkeit und Stärke seien verschwunden gewesen, sie habe sich aufgesetzt und mit seinem Hemd das Sperma aufgewischt. Lächelnd sei er zurückgekommen und habe gemeint, das sei ein guter Fick gewesen. Er habe ihr das Bier gereicht, sie habe einen großen Schluck getrunken, dann habe er sich die schäumende Flüssigkeit in den Schlund rinnen lassen, als habe er tagelang nichts getrunken. Delilah habe gedacht, sie müsse Ja gesagt haben und sie habe sich auch gefragt, warum.

Sie habe sich angezogen und er habe enttäuscht ausgesehen. Warum so eilig, habe er gefragt und sie habe gemeint, sie müsse nun einfach nach Hause. Er habe sie zur Tür gebracht und bei der Verabschiedung habe er sie auf die Stirn geküsst und Danke gesagt. Sie sei die Treppe hinunter gerannt und habe nicht gewusst, wo der Himmel und wo die Erde sich befanden und es schwindelte sie, der Boden neigte sich mal nach Norden mal nach Süden und in ihrem Kopf seien die Worte Ja und Nein rotiert. Sie habe zu viel getrunken und sich dann übergeben.

Sie lächelte mich mit diesem Lächeln an, mit dem sie sich selbst entschuldigte, mitfühlend gegenüber all ihren Fehlern. Ihre Augen glänzten, sie nahm meine Hand, drückte sie sanft und bedankte sich dafür, dass ich sie abgeholt hatte, sie hätte sonst wohl nicht nach Hause gefunden.

Ich starrte sie bestürzt an. Als ich meine Fassung halbwegs wiedererlangt hatte, meinte ich, sie, nein: wir, wir sollten zur Polizei gehen, vielleicht habe er ihr etwas ins Glas gerührt. Aber sie lachte schon wieder, war der Tanz, abwesende Gesten, leicht verträumt, war ganz Delilah, als sei nichts geschehen, sie spielte wohl eine neue Rolle. »Lass es uns vergessen«, sagte sie und winkte ab und ich war böse, eigenartigerweise war ich böse auf sie und stand auf, nahm sie am Handgelenk und am liebsten hätte ich ihren gesamten Körper geschüttelt, aber das traute ich mich nicht, also schrie ich: »Der Typ hat dich vergewaltigt!«, mitten in ihr Gesicht.

Und dann lachte sie wieder, lachte mich aus, entzog mir die Hand, packte ihre Sachen und verspottete mich, sowas könne ihr gar nicht passieren. Sie sei nur ein bisschen verwirrt gewesen und er war doch sehr nett. Sie würde es einfach vergessen. In meiner Wut auf sie goss ich brennendes Öl in ihre offenen Wunden: So wie sie Jan vergessen, so wie sie uns alle vergessen hatte an diesem Abend, an dem sie eigentlich bei Verwandten hätte sein sollen? Hätte sie getan, was sie vorgab zu tun, wäre das nie passiert, sagte ich zu ihr und dann schaute sie mich mit diesem Blick an, den ich noch nie an ihr gesehen hatte, er war fest, aber gebrochen, wild, stur, aber auch verstehend und sie wiederholte beschwörend: »Vergiss es einfach. Bitte.«

… nur der Liebe wegen …

Ich erzählte Jonas davon. Ich weiß, ich hätte es nicht tun sollen, so etwas erzählt man nicht, was soll ich jetzt von meinem Schreibzimmer aus tun, gegen den Fortlauf von Delilahs Geschichte, den ich in die Wege geleitet habe? Ich war jung und unsere Liebe ein Luftschloss, wir hatten keine Geheimnisse voreinander, ich wollte und musste Jonas davon erzählen, in unserer Beziehung durfte es keine Geheimnisse geben. Er reagierte ungehalten. Zuerst entstanden Mordfantasien gegenüber dem Löwen und ein Beschützerinstinkt wurde wachgerüttelt, den ich noch nicht kannte. Er verbot mir nachts allein – also ohne ihn – aus dem Haus, in die Stadt, in eine Kneipe zu gehen. Er nahm meine Hand, führte sie an sein Herz, blickte mir fest in die Augen und versicherte, er beschütze mich, ich sei seine Frau. Ich fühlte mich sicher. Ein bisschen Mitleid hatte er mit Delilah, aber nicht lange, es siegte die Wut auf sie, die Jan betrogen hatte, und wenn ich Einspruch erhob, sie habe den Sex doch gar nicht gewollt, dann konterte er, wenn sie keinen Sex mit irgendjemandem gewollt hätte, dann hätte sie Verwandte besucht oder wäre mit uns in die Stadt gefahren, hätte nicht mit dem Löwen gesprochen und wäre nicht zu ihm in das Auto gestiegen, hätte nicht so viel getrunken und wohl auch aus vollen Kräften Nein! geschrien.

Er war enttäuscht von Delilah und vor lauter Loyalität erzählte er Jan die Begebenheit in der Kneipe bei ein paar Bier. Das zerstörte Jan. Ich war dabei, denn ich war die

Zeugin, nicht des Verbrechens gegen Delilah, sondern des Verbrechens von Delilah an Jan. So sah es zumindest Jonas und so sah es Jan und ich hockte in diesem Topf und konnte nicht heraus. Wir drei saßen an einem Tisch, die Männer Ecke an Ecke die Köpfe zusammensteckend und ich an der Seite von Jonas als Garant für die Wahrheit, die ich nicht kannte. Die beiden wechselten Worte, die ich im Lärm des Trubels nur halb verstand, mal erklärte Jonas, wir hätten es wissen müssen, sie spiele eben mit den Menschen und mal schrie Jan in den Trubel, er habe es gewusst, sie sei eine Hure. Dann lehnte er sich nach hinten und drehte sein Glas Bier in der Hand, während er mit dem Blick darin versank. Und ich trank mein Bier und überlegte, ob alles ganz anders gekommen wäre, wenn Delilah von Anfang an Ja gesagt hätte zu dem Löwen. Wenn sie eindeutig gewesen wäre, anstatt ihre Uneindeutigkeit zu zelebrieren.

Hätte sie von Anfang an Ja gesagt, hätte sie Spaß gehabt? Vielleicht hätte es ihr zumindest nicht weh getan. Ich hätte Jonas nichts davon erzählen müssen und auch Jan, denn ich hätte sie nicht abholen müssen von der Straße, hätte nur gesehen, wie sie das Lokal mit dem Löwen verlassen hatte und nichts davon erwähnt. Dann schüttelte ich den Kopf und trank vom Bier, natürlich hätte ich es erzählt, immerhin hatte sie Jan vorsätzlich betrogen an diesem Abend und mit ihm uns alle. Delilah war wirklich selbst daran schuld. Delilah hatte die Liebe überall erwartet, denn in ihrer Vorstellung wuchs sie wie Unkraut und brach sogar durch Beton, war aber in einer Löwengrube, in der Unsicherheit gelandet. Vielleicht hatte sie geglaubt, sie könne ihn zähmen, aber der Löwe hatte sie einfach verspeist. Sie hatte Schuld, sie hatte sich das selbst eingebrockt mit ihrer naiven Sicht auf die Welt, die sie glaubte zu beherrschen, mit ihrem Charme und ihrer Raffinesse. Wäre sie bei Jan gewesen, wie es sich gehörte, wenn sie die Liebe zu ihm einfach in einen Topf gesetzt hätte, ihr wäre das gar nicht passiert.

Jonas und Jan steckten die Köpfe zusammen, Jan war dem Zusammenbruch nahe und Jonas versuchte ihn aufzubauen und wir drei tranken Bier und überlegten, wie es weitergehen sollte, da kam Delilah plötzlich herein und ging zielstrebig auf uns zu, als habe sie uns gesucht und nun gefunden, setzte sich an Jans Seite, der aufstehen und flüchten wollte, aber sie hielt ihn zurück.

Sie erklärte, sie habe es versucht. Sie habe versucht, mit ihm zusammen zu sein, ein Paar zu sein, doch sie hatte sich eine Liebe in der Begegnung gewünscht und keine Grenzen und Zäune, keinen Käfig. Sie habe versucht, seine Frau zu sein, aber sie gehöre doch niemandem, ihr Körper gehöre nur ihr. Da traten ihr fast Tränen in die Augen, ihr Schmerz war groß, so groß wie die Nacht dunkel war, in der sie Ja und Nein verwechselt hatte, so groß wie der Himmel weit war, in den sie abheben wollte, man konnte ihn sehen. Doch Jan schimpfte, sie sei eine Heuchlerin und Lügnerin und wenn sie so weitermache, werde sie alt und einsam und bis dahin noch tausendfach vergewaltigt werden, denn sie sei ja nicht normal, wahrscheinlich psychisch krank und sie solle sich aus dem Staub machen und ihn in Ruhe lassen, vom Teufel sei sie.

Es war Schluss. Delilah hörte sich das an und stand auf, flüsterte kleinlaut, es tue ihr leid, sie habe ihn geliebt, sie habe es versucht und diesen Hass habe sie nicht verdient. Jan und Delilahs Blick trafen sich noch einmal, Jans war voller Verachtung, Delilahs voller Schmerz. Sie drehte sich um und verschwand aus der Kneipe.

Sollte ich ihr hinterherlaufen? Sollte ich versuchen, alles wieder in Ordnung zu bringen? Derart aufgelöst hatte ich Delilah noch nie erlebt, ich hatte Angst, sie würde aus ihrem Schmerz heraus etwas Dummes tun, verwirrt über die Straße laufen, verloren vom Weg abkommen und unkontrolliert eine Böschung hinabfallen. Sie würde verletzt werden, sie war verletzt. Delilah war meine Freundin, sie hatte mich lachen und tanzen gelehrt, sie hatte mir Freunde und die Liebe beschert, doch Jonas fasste mich am Handgelenk und hielt mich zurück. »Was willst du mit ihr, lass sie gehen.« Und Jan in seiner Verachtung fügte hinzu, er solle mich gut festalten, sonst setze mir diese Hure noch Flausen in den Kopf und Jonas könne mich nachts vom Straßenrand abkratzen. Ich tat, was Jonas verlangte und ich glaubte damals in diesem klirrenden Winter tatsächlich, das gehöre sich so. Aber als ich da saß und verstand, dass unser Freundeskreis nur der Liebe wegen zerbröselte, und tausend Stimmen der Kneipengäste laut und vehement an mein Ohr drangen und Delilah nicht da war, um mich zu beschützen, mich zu lehren, wie man den Lärm der verschiedenen Stimmen ertrug, und Jonas und Jan noch über sie schimpften und ich an Jonas' Hand gefesselt war, bekam ich kaum Luft. Mein Herz raste und meine Hand krallte sich in Jonas' Knie und ich atmete in Stößen und die Kneipenluft begann zu flimmern und der Lärm immer lauter zu werden und Jonas brachte mich geschockt zur Toilette, wie eine Alte stützte er mich und spritzte mir kaltes Wasser ins Gesicht, »Beruhige dich, alles wird gut, beruhige dich, Penelope, ich bin da.« Ich bemühte mich daran zu glauben, denn hätte ich ihm nicht geglaubt, ich wäre gestorben in diesem Moment, das weiß ich heute genau und damals wusste ich es auch.

Der kurze Frühling

… als plötzliches Aufbegehren des Lebens …

Im Keller fand ich heute Morgen eine Kiste aus Karton, ich wusste, sie musste irgendwo dort unten verstaut sein. Fotos und Briefe und kleine Andenken aus der Schulzeit befinden sich darin, ein Jahr mit Delilah, ein ganzes Freundschafsgespinst verpackt in einer kleinen Kiste aus Karton. Der Regen prasselt an die Fensterscheibe, die Tropfen fließen in gezackten Linien herunter. Der Wind rüttelt am Apfelbaum, der immer älter und bald keine Früchte mehr tragen wird.

Ich nehme die Fundstücke heraus und entdecke ein Foto, das uns sechs als Freundschaftsgespinst zeigt, bevor es im klirrenden Winter auseinandergefallen ist. Auf dem abblätternden Spielplatz vor dunklem Wald im damals so langen Herbst posieren wir in der Gruppe. Unsere Köpfe berühren sich, wir haben sie zusammengesteckt, sodass wir alle auf dem Foto zu sehen sein würden, Jans Wange berührt Delilahs und meine ihre andere Wange, Tanja und Markus haben ihr Kinn auf unseren Scheiteln abgelegt und Jonas ist die Stütze unter uns, meine Hand liegt auf seiner Schulter. Wir lachen, Delilah ihr Was-soll-schon-passieren-Lachen und auch wir ohne Angst und Ahnung, wie sich unser Freundschaftsgespinst entwickeln würde. Wie sorglos wir uns fühlten damals, als sich am Spielplatz die ersten Lieben entwickelten neben gelben Ambrosien und Johanniskraut und Löwenzahn, Unkraut, das nur so leuchtete neben dem Graublau der rostigen Stangen und vor dem dunklen Wald. Im langen Herbst hatten wir unsere Freundschaft gefeiert, während sie im klirrenden Winter zerbrach und im darauffolgenden so kurzen Frühling nur noch in Splittern vorhanden war.

Jan war am letzten Wochenende im klirrenden Winter getroffen worden wie von einem Schlag ins Gesicht. Mit der Wucht des Schlags drehte er sich ein paar Mal um sich selbst, um sich einzupendeln und wieder stehen zu bleiben, aber da blickte er in eine ganz andere Richtung und verfolgte sodann diesen Weg, unser Freundschaftsgespinst im Rücken. Im Klassenzimmer tat er, als seien wir nie Freunde gewesen, er sprach nicht mit uns, würdigte uns keines Blickes, außer Delilah meldete sich per Handzeichen, um mitzuarbeiten, dann rollte er mit den Augen, als sei jede ihrer Wortmeldungen einer Art Wichtigtuerei geschuldet.

Im kurzen Frühling saß Delilah neben mir im Klassenzimmer, sprach mich aber nicht an und ich sie auch nicht. Da ich mit Jonas und Jan in der Kneipe eine Front gebildet, mich auf die Gegenseite geschlagen hatte, fühlte ich mich nicht berechtigt, das Wort an sie zu richten. Mich quälte die Scham, mich nicht wie eine Freundin verhalten zu haben, ich hatte mich trotz Angst, sie könnte vom Weg abkommen und eine Böschung hinunterfallen, nicht um sie gekümmert. Ich beobachtete sie, wie sie die Wege vom Klassenzimmer zur Kantine, in den Hof zum Brunnen und in den Park allein unternahm. Meine Wege waren genau dieselben, aber in anderer Reihenfolge und zu anderen Tageszeiten. Wir gingen uns also aus dem Weg, wie alle in diesem kurzen Frühling sich aus dem Weg gingen, außer die Paare, die sich liebten im Topf, also Markus und Tanja und Jonas und ich. Tanja und Markus hatten sich nach dem klirrenden Winter hinter ihrer eigenen Mauer verschanzt, die sie um sich herum hochzogen, sodass sie fern von unseren Problemen, die nicht ihre waren, ihr eigenes Luftschloss bauen konnten. Und auch Jonas und ich bauten und richteten uns gemütlich ein im Luftschloss als Festung gegen die Unsicherheit.

Ich lege das Foto weg, das uns sechs glücklich zeigt, und darunter liegt das Bild aus dem Urlaub, den nur Delilah und ich gemeinsam verbracht haben, ich hatte ihn schon ganz vergessen, nein, ich habe ihn bewusst verdrängt und nun hole ich ihn hervor, denn schließlich beschreibe ich Delilah und wie sie sich eingeschrieben hat in den Quellcode meiner Identität. Dieser Urlaub war abgespalten worden von mir, ganz bewusst, denn niemand durfte davon erfahren, selbst ich musste vergessen, er hatte alles in Unordnung gebracht, ich war in Unsicherheit geraten, ich musste die Gefahr vergessen, es ging nicht anders. Auf dem Foto Delilah auf einer Steinmauer sitzend, einer Schlossmauer gleich und über den Abgrund sehend, der sich metertief an der Küstenstraße entlang zieht, und unten eine Bucht und das tobende, sich aufbäumende Meer. Kinn und Schlüsselbein reckt sie in die Sonne, auf den Lippen ein vages und vorsichtiges Was-soll-schon-passieren-Lachen, sie hatte es wiedergefunden in unserem Urlaub, ich kann mich jetzt wieder erinnern und es laufen mir Tränen über die Wangen wie die Regentropfen über die Fensterscheibe.

Wie war es zu dem Urlaub gekommen? Ich war doch beschützt von Jonas und wir zogen die Mauer unseres Luftschlosses bereits hoch. Jonas war enttäuscht gewesen von Delilah und er riet mir, mich fernzuhalten von ihr, denn sie brächte sich ständig in Gefahr. Wir hatten nach der Schule jede Minute gemeinsam verbracht, hatten einander unseren Eltern vorgestellt, fuhren auf Ausflüge mit ihnen, waren viel zu zweit, wie es sich gehörte für ein Paar, das es miteinander versuchen wollte, und wir hatten auch schon eine Ahnung, was das war – eine Liebe im Topf, eine Pflanze, die gesprengt werden sollte mit Wasser, damit sie wüchse und Früchte trug. Wie war es dazu gekommen, dass Delilah und ich diesen Urlaub planten? Delilah hatte mich nicht angesprochen im Klassenzimmer, sie hatte Sorge, dass Jonas Probleme machte, würde ich mich mit ihr neuerlich anfreunden. Sie war klug und vorsichtig und vorausschauend und wollte mich nicht gefährden, sie war eben auch meine Beschützerin. Sie schrieb mir einen Zettel und reichte ihn mir unter der Schulbank, ich entfaltete ihn und da stand, *Willst du mit mir einen Urlaub machen, im Frühling, über Pfingsten oder Fronleichnam oder vielleicht schon zu Christi Himmelfahrt?* Ich finde den Zettel gleich hinter dem Foto in der Kartonkiste, da sind drei Kästchen unter der Frage aufgezeichnet, um Haken zu setzen, und daneben stehen die Auswahlmöglichkeiten *Ja, Nein, Vielleicht.* Ich muss jetzt lachen über ihre kindliche und vorsichtige Art sich mir zu nähern und ich lachte auch damals, kann ich mich erinnern und freute mich, am liebsten hätte ich gleich Ja ankreuzen wollen, aber ich fürchtete mich, denn hätte Jonas davon erfahren, unsere Liebe wäre in die Unsicherheit gestürzt. Ich kreuzte Vielleicht an und war mir meiner Uneindeutigkeit bewusst. Uneindeutigkeit bedeutet immer Gefahr, aber auch ein Ja hätte mich in Gefahr gebracht und ein Nein? Ich hätte das Nein ankreuzen sollen. Ich gab ihr den Zettel zurück und ich schaute sie an und sah, wie sie lächelte. Wir blickten uns erstmals wieder in die Augen nach dem letzten Wochenende im klirrenden Winter und ich verlor mich im Teichgrün und fiel hinein wie im langen Herbst damals.

Am Abend lag ich in meinem Bett und der Mond schien durchs Fenster mit fahlgrauem Licht und ich sah hinauf und dachte an den Vogel Delilah, der im Himmel kreiste und mir wurde weh bei diesem Gedanken. Ich liebte sie doch und verstand nicht, warum ich nicht mit ihr fliegen durfte, ich sehnte mich nach ihren Farben, ihrer Sprache, ihrem Tanz. Sie flog ganz allein im Himmel, besah von oben den Boden voller Unkraut und überlegte, wo sie landen könnte. Ich dachte an Delilah, die so traurig gewesen war, weil ihr die Banknachbarin nicht ermöglicht hatte, einen Fehler auszuradieren und daraufhin geweint hatte, als sei jemand gestorben. Ich dachte an unser Spiel unter der Linde, Wahrheit oder Pflicht, und wie Jonas und Jan sich geküsst hatten. Ich dachte an das Fest im Garten, wo irgendwo ein Feuer gebrannt hatte und sie mit nackten Füßen über feuchtes Gras getanzt war und mich ermuntert hatte, ihr zu folgen. Wie sie mich gelehrt hatte, mich nicht um die Blicke der Umstehenden zu kümmern. Nach Freiheit sehnte ich mich, sie hatte sich bereits eingeschrieben in meinen Quellcode, also beschloss ich das Wagnis einzugehen, mit Delilah einen Kurzurlaub zu machen, denn sie und ich, wir waren Freunde.

Jonas erzählte ich, ich besuche Verwandte in einer fremden Stadt. Wäre er dahintergekommen, er hätte sich betrogen gefühlt und hätte sich gesorgt, Delilahs Kupfer und Sonnengelb und Teichgrün färbe auf mich ab und ich würde in einem fremden Land von einem fremden Mann an die Brust gefasst werden oder noch schlimmer. Ich wollte ihn nicht aufregen und ihn in Sicherheit wiegen, denn es würde mir nichts passieren, war doch Delilah bei mir, meine Beschützerin.

Wir borgten uns ein Auto und fuhren in den Süden Richtung Meer und Wind und Möwen und Salz auf der Haut. Es war mein erster Urlaub ohne Eltern, dementsprechend nervös war ich. Ich ließ Delilah machen, sie hatte den Ort gewählt, die Unterkunft gebucht, den Trip organisiert und ich stieg nun in ihr Auto. Als wir an der Küstenstraße angekommen waren, tat sich unser Herz auf vor überbordender Freude über die weite Sicht über das tobende Meer. Wie hell Delilahs Gesicht gewesen war, wie zart sie sich bewegte, wie schön ihr Blick sich über die Landschaft dehnte und wenn sie mich ansah, war da dieses Lächeln, das zuerst noch vage und nervös wirkte, sich aber immer sorgenloser auf ihren Lippen zeigte.

Wir bezogen unser Quartier für die nächsten vier Tage, eine kleine Kammer in einem riesigen Hotelkomplex, der von außen wie ein Käfig aussah. Ein Zimmer mit Balkon, auf dem wir gerade zu zweit Platz fanden, ein Doppelbett und ein Kleiderkasten. Delilah warf ihre Tasche in den Raum, kramte und verteilte Kleider, Hosen, Waschzeug und Socken auf dem Boden, bis sie ihren Bikini fand. Sie zog sich nackt aus und verstohlen musterte ich sie, bewunderte ihre olivfarbene, makellose Haut, den kleinen Busen, den perfekten Nabel, dann zog sie den Bikini und darüber das seidene, gelbe Sommerkleid an, das sie auch auf dem Foto trägt. Wir flanierten durch die touristische Hauptstraße des Ortes an Marktständen vorbei, deren Verkäufer Obst und Armbänder und bedruckte Shirts anpriesen, an den breiten, vom Perlmutt glitzernden Sandstrand, an dem das Meer brandete und dessen gewaltiges Grollen mich beruhigte. Möwen flogen über die Wellen und zankten laut um Nahrung am Strand, es duftete nach Rosmarin und Pinien, Badeöl und Salz und mir war, als gehöre Delilah hierher, der Geruch und ihre Farben und das Meer vermischten sich zu einem Aquarell, an dem ich mich kaum satt sehen konnte. Wir legten unsere Badetücher aus und Delilah zog die Sonnencreme aus ihrer Tasche und befahl mir, mich auf den Bauch zu legen. Sie setzte sich auf mich und cremte mich mit sanft streichenden Bewegungen ihrer Hände aus Seidenpapier ein und ich entspannte, genoss die Sonne auf der Haut und den Druck auf den Schultern und das Gefühl ich sei geborgen in den Händen Delilahs. Später spazierten wir am Strand entlang und liefen wie junge Hunde mit den Wellen auf und ab, spritzten uns gegenseitig mit dem Meerwasser ins Gesicht und tauchten ein in das salzige Wasser und Delilah schwamm hinaus, rief, ich solle ihr nachschwimmen und es klang wie der Gesang der Sirenen, die vom sicheren Strand hinaus aufs weite Meer locken wollen, um das Opfer hernach zum Abgrund zu ziehen. Alles in ihrem Körper war ein Werben, sie legte es darauf an, dass ich sie interessant fände, ich interessierte sie, das fällt mir erst jetzt in der Nachschau auf. Ihr Lachen war nur für mich bestimmt, ihr Bick nur auf mich gerichtet, ihre Bewegungen auf mich bezogen, zwischen uns entstand ein Tanz, die Luft um uns schien dicker.

Am Abend besuchten wir ein Restaurant und Delilah aß Muscheln. Sie schlürfte sie von der Schale und leckte sich die Finger sauber, dabei sah sie mich von unten an, voller Scham, noch nicht tadellos Muscheln essen zu können, und dann lachte sie ihr bezauberndes sich selbst entschuldigendes Lachen. Sie griff nach dem Brot und ich auch. Wir berührten uns zufällig an der Hand, sie zuckte zurück, als habe sie etwas Ungehöriges getan. Dann sah sie mich an, als würde sie in mich hineinsehen wollen, als würde sie wissen wollen, was ich über eine Berührung von ihr denke, ein bedeutungsvoller Blick, den ich nicht zu deuten wusste, weil ich es mir versagte, darüber nachzudenken.

Später, es war bereits die Sonne über dem glitzernden Meer untergegangen und im Nachthimmel leuchteten die Sterne viel intensiver als zuhause, tranken wir Cocktails an der Strandbar und ihr Blick bohrte sich in mich, als verspreche sie mir die Welt. Wir hatten über Jonas gesprochen und über Jan und Delilah hatte viel getrunken, es schien, als seien diese Männer und jedes Wort über sie eine Begrenzung ihrer Freiheit, hier an diesem Ort, an dem nichts nach Zuhause roch, an dem alles möglich war und nichts vorherbestimmt. Ich erzählte ihr, wie glücklich ich mit Jonas sei und wie sehr ich es bedauerte, dass Jan und sie kein Paar mehr seien, wir hätten gemeinsam unsere Zukunft erbauen können, zwei Luftschlösser, vielleicht drei, wenn wir Markus und Tanja hinzunähmen, und die Luftschlösser hätten sich irgendwann mit Kinderlachen gefüllt und wir wären drei Mütter geworden, die sich gegenseitig mit Rat und Tat zur Seite gestanden, Freundinnen für immer gewesen wären. Ich bedauerte also das nicht eintretende Immer, das sowieso nicht existierte, aber das wusste ich damals noch nicht. Ob ich mir nicht mehr erwarte vom Leben, fragte sie, als zu lieben, zu heiraten und Kinder zu bekommen. Sie sah mir direkt in die Augen. Ich drohte schon wieder hinein zu fallen in ihren Blick, mich vollends im Teichgrün zu verlieren, unterzugehen in diesem glitzernden Wasser. Was es denn Wichtigeres gäbe auf der Welt, als ein Nest zu bauen und ein Kind zu gebären und zu ernähren. Das sei doch der Sinn der Liebe, eins und eins ergäben dann drei. Eine unmögliche Gleichung, einem Rätsel gleich, dem wollten doch alle auf den Grund gehen. Delilah hob skeptisch die Augenbrauen, dann wandte sie sich ab und blickte auf den Strand, als ernähre sie sich von dieser Szenerie, als flöge sie mit jedem Atemzug freier in der Luft, als erkunde sie die Welt und ihre Möglichkeiten. Ich glaubte in ihrem Blick eine Art Bedauern zu erkennen, von oben herab, weil sie über mir flog und ärgerte mich darüber. Sie war mir plötzlich fern wie damals Jan, als sie im klirrenden Winter auf dem Fensterbrett saß vor grauen Wolken als Schatten. Und wie damals Jan versuchte ich sie nun wieder auf die Erde zu holen, auf den Boden der Realität und fragte, mit Ärger in der Stimme, wohl ein wenig zu forsch: »Was ist, was hast du gegen meine Pläne? Die sind doch ganz normal!« Delilah erschrak über meinen Groll. »Nichts«, meinte sie, gelassen, als spreche sie mit einem Kind, sie habe nichts gegen meine Pläne. Sie vermute nur, ich verstecke mich dahinter und manchmal wünsche sie sich, ich zeigte mich einfach so, wie ich war. Bohrend sah sie mich an, als verspreche sie mir die Welt. Eine Welt, die ich nicht kannte, die ganz außerhalb der Norm war. »Du bist doch anders«, meinte sie, »bist doch immer schon aus dem Rahmen gefallen.« Ja, so hatte ich mich immer wahrgenommen, ein Mädchen, das aus dem Rahmen fiel, eine Außenseiterin. Aber eigentlich wollte ich doch immer in den Rahmen finden. Wie Delilah es mir ermöglicht hatte, im Freundschaftsgespinst im langen Herbst damals, da war ich geborgen und sicher. Wie unverschämt ich sie fand, mir anzudichten, ich lebte nicht meine Wirklichkeit, ich spielte eine Rolle, ich versteckte mich. Das tat doch sie. Sie war die Schauspielerin, sie spielte Rollen, nur um danach wieder frei zu werden. Ich verlangte nach dem Rahmen, nach der Sicherheit, nach Zugehörigkeit, ich wollte mich binden und ein Nest bauen. »Ich bin langweiliger, als du glaubst«, erwiderte ich und bemerkte, dass ich keinen Ärger spürte, nur aufkeimende Neugierde, ein wenig Sehnsucht nach Himmel. Delilah lächelte, als wisse sie, dass ich gerade träumte und freute sich darüber.

Als wir zum Hotel zurück spazierten, machte ich irgendeinen blöden Witz und Delilah lachte ihr Was-soll-schon-passieren-Lachen, laut und überschwänglich und sie hielt sich dabei fest an meiner Schulter und drückte ihre Stirn gegen meinen Arm und umklammerte meinen Ellbogen mit der anderen Hand aus Seidenpapier. Sie war doch die Sichere, die Kräftigere und nun stürzte sie mich in die Unsicherheit. Meine Hände zitterten leicht und mein Atem konnte vor Aufregung und Angst kaum frei strömen, denn ich hatte ein paar Möglichkeiten erkannt. Mit gespannter Aufmerksamkeit analysierte ich jedes ihrer Worte, versuchte einzuordnen, wer sie war und vor allem was sie wollte. Aber Delilah war nicht einzuordnen, sie war einfach da und lebte im Augenblick.

Vor dem Hotel setzten wir uns an die Promenadenmauer und schauten über das brandende Meer und die Sterne glitzerten und der fahlgraue Mond stand hoch und ließ die Gischt der Wellen leuchten und Delilah griff nach meiner Hand, drückte sie fest und es war einfach schön, hier gemeinsam zu sitzen. Dann schaute sie mir in die Augen und ich fiel in das teichgrüne Wasser und drohte zu ertrinken. Ich schloss die Lider. Delilah küsste mich. Und die Angst und die Spannung verschwanden, Delilah war das Meer und ich der Strand. Sie wirbelte den Sand auf, ließ kein Korn neben dem anderen liegen, versetzte alles in Unordnung und formte mich neu, während ihre Wellen sich an mir brachen und das harte Wasser sich durch mich in Schaum verwandelte. Den Gezeiten treu, gewann ich mal an Land und ließ mich hernach überschwemmen und doch wurden wir nie eins.

> Could we stay right here,
> till the end of time,
> until the earth stops turning,
> wanna love you
> until the seas run dry.
> I've found the one I've waited for.

Das Salz auf ihrer Haut schmeckte, ich fühlte ihren warmen Atem auf meinen Lippen, ich löste mich auf und kreiste mit ihr am Himmel. Mein Herz fühlte ich schlagen und ihres in Aufregung pochen, ich bewunderte die weißen Härchen, die sich aufbäumten auf olivfarbener Haut. Alles war nass, unsere Haut, unsere Scham, unsere Augen, vom Lachen und Weinen, von der Lust und der Freude und die Leidenschaft überkam uns immer wieder als plötzliches Aufbegehren des Lebens. Wir liebten uns unsicher, auf Unkraut spazierend, das Beton gesprengt hatte.

… Delilah, in deren Lüfte ich mich nie erheben wollte …

Der kurze Urlaub dauerte nur fünf Tage und vier Nächte und mit jedem Mal Aufwachen im Doppelbett aus einem Traum wurde auch meine Angst geweckt. Sie wurde stärker und drängender, griff nach meinem Handgelenk, während ich zitterte ob der Tage, die enden würden, und zitterte ob der Tage, die endlich enden sollten. Ich war Penelope, keine Delilah, ich liebte in Bahnen, in Töpfen, in Zäunen, die meinen Garten begrenzten, ich ernährte mich von gezogenen, schon abgefallenen Früchten im Schlossgarten, ich flog doch nicht durch die Luft, ich war Penelope, ich spielte nicht. Wieso war Delilah mir so nah gekommen, ich gehörte doch Jonas, ich spielte keine Rolle. Ich war ganz und gar verschrieben an diesen meinen Mann und dann kam Delilah und küsste mich und mit diesem Kuss trieb sie einen Keil zwischen mich und Jonas, zwischen mich und meine Pläne.

Am ersten Tag des Urlaubs im kurzen Frühling nahm sie mich mit ihrer Liebe ein, am zweiten Tag kam mir der Zweifel. In einem fremden Land unter fremden Menschen, die eine fremde Sprache sprachen, war es einfach, aus der Rolle zu fallen. Ganz anders verhielt es sich im eigenen Zuhause. Im Nest, da war doch nur Platz für Jonas und mich. Wie würde ich diese Erlebnisse für mich behalten können, was würde geschehen, wenn Jonas es herausfand, wer war ich denn ohne Jonas, fragte ich mich am dritten Tag. Am vierten Tag stieg die Wut auf Delilah hoch, in deren Lüfte ich mich nie erheben hatte wollen. Als wir an diesem Sonntag am Ende des Urlaubs das Bett verließen, Delilah die Kleider, das Waschzeug, die Unterwäsche vom Boden auflas und in ihre Tasche steckte, die Rechnung an der Rezeption bezahlte und einen letzten Abstecher zur Mauer an der Promenade unternahm, folgte ich ihr stumm, voller Furcht und Wut auf sie. Sie griff nach meiner Hand, ich entzog sie ihr. Sie schaute mich an, ich wich ihrem Blick aus. Sie lachte ihr Was-soll-schon-passieren-Lachen und ich stimmte nicht ein. Irritiert musterte sie mich und lachte über ihre Unzulänglichkeiten, ihre Fehler, doch auch hier reagierte ich nicht, ich hatte mir versagt, auf ihre Tricks hereinzufallen. Da mündete ihr Lachen schlussendlich in das Lachen, in dem ein Wunsch lag und Trauer über dessen Unerfüllbarkeit und ich wusste, sie hatte nun verstanden. An der Mauer blickte sie verschämt in den Sand, anstatt ihr Kinn und Schlüsselbein in Kampfeslust gen Sonne zu recken, ihre Schultern fielen ein, die Bewegungen wurden kantig. Mutlos und traurig flüsterte sie entschuldigend: »Es tut mir leid. Ich liebe doch nur.« Und ich stand auf, drehte mich zu ihr und von oben herab erwiderte ich streng: »Aber das kannst du nicht immer tun, Delilah.«

Ich verließ sie und ging zum Auto. Ich wollte nach Hause, denn ich wusste, sie spielte nur eine Rolle, sie spielte Theater und würde die Freiheit ihres Geistes darin erkennen und flöge sie weiter, sie sähe an anderer Stelle das Unkraut durch Beton brechen, ganz weit weg von mir und würde mich verlassen. Delilah liebte der Liebe wegen. Sie liebte nicht mich, und wenn sie mich geliebt hatte, dann nur für ein paar Augenblicke, Blitzlichter in einem von mir erstrebten Immer.

Nun sitze ich in meinem Schreibzimmer und schaue durch das Fenster in den Garten, die Tränen laufen mir über die Wange wie die Regentropfen über die Scheibe. Ich habe sie geliebt, das weiß ich jetzt und pinne ihr Foto an die Wand. Sie schaut von der Küstenstraße über das tobende Meer.

… wir würden uns in die Augen sehen, uns küssen, dann lächeln …

Als ich wieder zuhause war, fühlte es sich nicht an wie ein Zuhause. Da war ein Haus, in diesem Haus ein Zimmer und in diesem Zimmer ein Bett, in dem ich mit Jonas geschlafen und Delilah berührt hatte. Die Laken rochen nach beiden, ich bildete mir das ein, eigentlich waren sie sauber und rochen frisch, doch ich wusste nicht mehr, wo Norden, wo Süden war und was Nein und Ja bedeutete, ich wusste gar nichts mehr, nur das, was möglich war. Ich legte mich ins Bett und drehte mich auf die linke Seite, oder war es rechts? Ich schnupperte in das Kissen und roch Jonas. Dann drehte ich mich auf die andere Seite und roch Delilah und beide Gerüche schmeckten so gut. Ich baute in Gedanken mit Jonas Mauern und pflanzte einen Apfelbaum im Garten. Ich flog mit Delilah über Felder und Wiesen mit langem Atem, wir kreisten in der Luft. Ich spazierte mit Jonas in Leichtigkeit über betonierte Straßen, er ging voran. Mit Delilah wanderte ich über ausgetretene und überwucherte Pfade, auf Um- und Abwegen, auf heimlichen und geheimnisvollen Wegen, sie voran als die Kräftigere, die Sichere. Ich erinnerte den Blick Jonas', wie er mich sah und zeichnete am abblätternden Spielplatz im langen Herbst. Ich hörte Delilahs Stimme, wie sie in einer Schleife wiederholte: Du brauchst dich nicht verstecken. Du brauchst dich nicht verstecken.

In der Uneindeutigkeit liegt die Gefahr, die Unsicherheit. Ich musste wieder eindeutig werden, nahm ich mir vor. Und weil ich betonierte Wege bevorzugte und Mauern, die Sicherheit versprachen, weil sie gegen Unwetter erbaut waren, griff ich zum Telefon und rief Jonas an, der sich freute, mich zu hören. Ich tat, als sei ich gerade von meinen Verwandten nach Hause gekommen und hätte Sehnsucht nach ihm gehabt an diesem langen Wochenende, ich spielte meine Rolle gut. Er kam gleich zu mir und wir schliefen miteinander in meinem Bett in den frischen Laken, die seinen Geruch annahmen und nie wieder nach Delilah riechen würden.

Jonas hatte ein Geschenk mitgebracht, ein Bild, das mit einem Tuch abgedeckt war, er hatte es vor der Tür abgestellt und schälte sich nun aus der Decke, um es herein in mein Zimmer zu holen. Er hielt es mit der einen Hand hoch, zog die Augenbrauen in Spannung nach oben und lüftete das Tuch. Er flüsterte: »Ich liebe dich.« Zum Vorschein kam mein Portrait, das mich in zarten Tönen zeigte. Er hatte es nach der Skizze am abblätternden Spielplatz gemalt und ich staunte. Es sah mir ähnlich. Ein zartes Wesen, schüchtern, verschämt, formbar und sehnsüchtig, mein Kinn hoch, der Blick weit, mir eine Strähne aus dem Gesicht streichend. Wunderschön, flüsterte ich und er stellte es auf meinen Schreibtisch und ich schaute nun von dort oben auf mich selbst herab.

Jonas legte sich ins Bett, zu der Frau, wie er mich sah, und plante unser Luftschloss. Ich fühlte seine Liebe, fühlte sein Wollen, spürte Geborgenheit in seiner Körperwärme. In unserer Festung würde das Gemälde über dem Esstisch hängen und darunter würde ich Dekoration drapieren, den Jahreszeiten entsprechend und wenn ich mal nicht da wäre, bei der Arbeit oder sonst wo, müsste ich mich nicht sorgen um ihn, denn er würde trotzdem mit mir essen, mit diesem Bild würde ich immer bei ihm sein. Ich hätte aber gar keinen Grund abwesend zu sein, denn er würde für mich und unsere

Tochter sorgen, wir würden sicher sein, weit, weit weg von den Nöten der Menschen, die glaubten, sich von der Vergangenheit in die Zukunft retten zu müssen. Wir würden dort leben, ein Wir gegen den Rest der Welt, die Mauern erbaut mit unseren eigenen Händen.

Jonas gäbe den Wänden einen Anstrich. Ich würde ihn beobachten, wie er einen Pinselstrich an den nächsten reihte. Er würde Löcher ausfüllen und mit gewissenhafter Strenge jede Wand übermalen und sich ärgern da und dort, wenn Reibungslosigkeit sich nur als Wunsch entpuppte, er würde auf Funktionalität und Dauerhaftigkeit achten. Neuer Glanz auf alten Steinen. Jedem Zimmer würde er seine persönliche Note geben. Sein Hang zu Symmetrie und Ordnung würde Perspektiven und Eleganz durch Linien und Kreise formen und klare Räume schaffen. Fröhlich würde er sich die Farben aussuchen und überzeugend setzte er mir auseinander, dass die Funktion des Zimmers, das Raumklima, die Form und die Bewohner Räder seien, deren Zähne ineinandergreifen und sich gegenseitig bewegen oder blockieren könnten. Während er das Luftschloss in seiner Fantasie entwarf, legte sich die Absicht, es mir schön zu machen, wie ein Vorwand über sein Gesicht. Einmal für mich erbaut und eingerichtet, sollte bedeuten, nie wieder renovieren zu müssen. Glücklich wollte er mich sehen und sicher, in unserem für ein Immer erbauten Luftschloss.

Ich würde mich um die Wärme kümmern, das sei meine Aufgabe. Ich würde mich um das Feuer im Ofen, am Herd und im Schoß kümmern, stellte er sich vor. Auch um die Innigkeit im Umgang miteinander, Zärtlichkeit und Kosewörter, und den Tand und den Schmuck, um das kalte Gemäuer mit Heimeligkeit auszukleiden. Ich würde im Schlosspark einen Apfelbaum pflanzen, ihn wässern und pflegen und in jedem Frühling schneiden. Er würde Früchte tragen und wir würden sie im Herbst ernten, zuerst die abgefallenen und angebrochenen, um daraus Kompott und Mus zu kochen, sodass wir über den Winter kämen. Ich würde Bilder aufhängen, ein Foto, auf dem wir uns liebevoll ansehen und uns glücklich zeigen, vom Fotografen ins rechte Licht gerückt. Die Schatten wären ausgeleuchtet, unsere Schönheitsfehler retuschiert, das Bild vergrößert und in den passenden Rahmen gesetzt. Wir würden uns in die Augen sehen, uns küssen, dann lächeln, gemeinsam Schritte gehen Richtung Immer. Jetzt fehle nur noch das Baby, sagte er stolz und wir lächelten uns an, als stünden wir bereits in einem realen Einfamilienhaus, dabei war es nur das Luftschloss unserer Fantasie.

Ich schälte mich aus der Decke und stellte mich ans Fenster, sah in den Garten, in dem der Apfelbaum, der seit meiner Geburt existiert, neben dem Teich stand und wo gelbe Unkrauttupfer sich ihren Weg nach dem klirrenden Winter aus tauendem Boden gruben. Alles keimte, die Knospen am Baum und am Rosenstrauch, das Johanniskraut, der Löwenzahn, die Ambrosien und auch in mir keimte etwas. Es war Frühling, dieser Frühling wird nur kurz dauern, dachte ich und hatte Gewissheit. Dann sah ich in den Himmel, wo Delilah ihre Bahnen zog und hob ebenfalls ab. Flog mit ihr über den Garten, wir spielten, vollführten Kunststücke und genossen den Wind. Bis Jonas vor mir stand, nach meinem Handgelenk griff, zärtlich flüsterte, »Erde an Penelope! Wo warst du denn?«, und den Arm um meine Schultern legte. Ich erwiderte: »Nirgends, ich habe nur geträumt. Alles ist gut.«

Der wechselhafte Sommer

… irrationale Zahlen, die sich bis ins Unendliche näher bestimmen ließen, ohne je ganz und rational zu werden …

Der kurze Frühling, in dem sich das Leben an die Oberfläche getrieben hatte, in dem Neues aus Altem gekeimt war, mündete in einen wechselhaften Sommer im Jahr mit Delilah, das länger hätte andauern dürfen, und er war heiß und stürmisch. Der Wald war dicht und undurchsichtig von den Blättern geworden und die Sonne stand im Zenit. Die Hitze fing sich an Hausmauern und Gehwegen, die Luft flimmerte über der Straße, Staub und abgestandene Luft sammelten sich in den Betonkesseln der Stadt, zäh war das Durchkommen. Die Knospen an den Bäumen und Sträuchern trockneten und die Blüten fielen auf die Straßen. Die Kinder der Nachbarschaft sammelten sich am Fluss, der Kühle mitbrachte von den Gebirgen. Junge und Alte fuhren zum See, um in Bikini und Badeshorts die ersten Bräunungstöne der Haut zu züchten, und die Stände öffneten, Trauben an Menschen stellten sich an, um sich mit Zitroneneis zu erfrischen. Ich beobachtete vom Schlossgarten aus, sah die Nöte der Menschen, die sich über die Zeit retten wollten, und hielt Ausschau nach Delilah. Wahrscheinlich lag sie auf einem Badetuch auf der Liegewiese und hüpfte jede halbe Stunde in den See. Vielleicht saß sie am Fels, unserer Naturfestung, und hielt Gericht über mein Schlussmachen, während die Kinder sich mit klarem Bachwasser nass spritzten. Vielleicht lernte sie wie Jonas und ich. Die Schule mussten wir nicht mehr aufsuchen, wir verbrachten die Zeit mit Lernen für die Matura, meist schlossen Jonas und ich uns hinter der Schlossmauer in mein Zimmer ein, zogen die Vorhänge zu, ließen die stickige, zähe Luft außen vor und sperrten auch unsere Freunde aus, Jan, der immer noch litt, Tanja und Markus, die hinauf auf Berge radelten, Gipfelkreuze küssten und im Adrenalinrausch wieder hinabjagten. Jonas und ich lernten viel und immerfort, das gehörte zum Aufbau des Luftschlosses, denn nur wer viel weiß und Leistung erbringt und sich einer Aufgabe widmet, kann später Luftschlösser in Einfamilienhäuser verwandeln. Jonas büffelte am Bett und ich widmete mich den Gleichungen am Schreibtisch, erstellte Funktionen für Variablen und errechnete irrationale Zahlen, die sich bis ins Unendliche näher bestimmen ließen, ohne je ganz und rational zu werden. Immerhin aber ergab eine Rechnung immer einen Fakt, keine Möglichkeit, am Ende stand immer ein Ergebnis, das unzweifelhaft und richtig war, ganz eindeutig, auch wenn seine Darstellung auf zwei oder drei Kommastellen begrenzt war. Der vollständige Wert war darin angelegt. Wie das hier Niedergeschriebene nie dem vollständigen Wert gerecht werden wird, der angelegt ist in den Farben Delilahs im Quellcode meiner Identität.

Jonas malte immer wieder unser Luftschloss. Jeden Abend erzählte er Geschichten der Liebe, des Glücks, der Zweisamkeit, die wir im Luftschloss erleben würden. Aber mit den Geschichten über unsere Zukunft zog der Wind auf. Geschichten und Visionen haben Kräfte, die wir zu oft unterschätzen. Jonas Geschichten handelten von Zukunft und Vergangenheit, von dem, wer wir gewesen waren und geworden sind und sein wollten. Doch mit den Worten und Visionen kam der Sturm. Ich war wetterfühlig und spürte ihn zuerst in meiner Brust. Es war der Ort, wo im Frühling ein Same gepflanzt worden war, neben der Quelle in Delilahs Farben. Mit jedem Abend und jeder seiner Geschichten wurde das Wetter stürmischer und drang vor von der Brust in meinen Kopf und ich fürchtete mich vor der Gewalt, die der Sturm aufbringen würde können und setzte mich zu Jonas und seiner Skizze, erklärte ihm, die Mauern müssten stärker sein, undurchdringlich, stabil. Wir zogen weitere Mauern hoch, malten und entzündeten Feuer, sprachen über die Ernte des Apfelbaumes, versicherten uns, wie wir uns gemeinsam über den klirrenden Winter bringen würden. Doch der Sturm flaute nicht ab. Die Fantasie zog sich in die Wirklichkeit und wir stellten uns Fragen: Wo würde unser Luftschloss stehen? Ich bewarb mich für Hochschulen im ganzen Land und in unserer Heimatstadt, wie auch Jonas. Aber was würden wir tun, wenn seine Wahlschule ihn nähme und mich die Schule in derselben Stadt ablehnte? Wo würden wir unser Nest erbauen, wenn uns Hochschulen aufnahmen, die kilometerweit entfernt lagen?

Jonas war der Sichere, der Kräftige, er hatte einen Sinn für klare und grenzende Räume, zog Linien und Perspektiven in die Zeit, er würde den Weg vorangehen und ich ihm folgen. Denn sicher war uns nur das Luftschloss, es musste weitergebaut werden, wir liebten uns und hatten einen Apfelbaum gepflanzt und der sollte von uns beiden abgeerntet werden. Und das Baby, wollten wir tatsächlich ein Baby miteinander haben und wenn ja, wann? Am liebsten gleich, antwortete Jonas und zauberte ein rosa Kinderzimmer ins Luftschloss, von dem plötzlich ganz klar war, wo es stand, nämlich da, wo er lernte und arbeitete. Es war, als dächte er sich ein Theaterstück aus, in dem die Rollen klar verteilt waren, ein Stück nur für uns zwei, für niemanden sonst bestimmt, keine Zuschauer, keine weiteren Schauspieler, ein Theaterstück, bereits tausendmal gespielt von vielen anderen Menschen in fast identischen Rollen, nur das Luftschloss als Kulisse malte er prächtiger und größer und imposanter, als es irgendjemand sonst malen konnte. Seine Visionen, die er mir als Geschichten vortrug und in unsere Gegenwart zog, als wüsste er, was er da tat, entwarfen auch mich als Abbild dieses Portraits auf meinem Schreibtisch, demütig und anmutig und zart und formbar und weich. Den Samen, der in meiner Brust keimte und sich ausformte, den sah er nicht, den hatte er nicht sehen können und somit hatte er ihn auch nicht gemalt.

Es kam der Tag im wechselhaften Sommer, da dachte ich wieder einmal an Delilah und erhob mich mit dem Vogel in prächtigem Gefieder in die Lüfte, kreiste und sah unter mir das Luftschloss, ein kaltes Gemäuer, jedem anderen Schloss gleich, prächtig und imposant, aber ein Abklatsch jedes weiteren Luftschlosses. Und als ich mit Delilah im Himmel flog und unter mir das Schloss sah, rief sie »Schau!« und ich entdeckte mich in meiner Rolle. Ich spielte sie gut, ich putzte die Fenster und stellte ein Willkommensschild auf, ich ging mit dem Eimer nach draußen und klaubte die Äpfel hinein. Schüttelte die Laken aus und kuschelte mich auf das Sofa und irgendwo schlief mein Kind, das wusste ich. Aber das war eine Rolle, flog ich doch mit Delilah in der Luft, spürte Freiheit und fühlte mich mächtig. Ich erschrak.

Da zog der Sturm auf im Himmel, in dem unser Luftschloss schwebte. Erst flatterte die gewaschene Wäsche an den Leinen und machte hübsche, schnalzende Geräusche. Ich freute mich über die belebende Kühle. Der Wind schien sie mitgenommen zu haben von fern, aus einer anderen Zeit und fortzutragen, was sich in unserem Garten angesammelt hatte: Laub und Staub und stickige Luft. Ich sah es von oben, denn wir kreisten im Himmel und ich rief, »Schau Delilah, der Wind bringt den Norden in den Süden, wie du damals eingezogen bist in unsere Stadt!« und die Euphorie ließ mich lachen, denn Delilah war der Zauber am Anfang dieser Geschichte gewesen, Delilah war die treibende Kraft und der Boden in dem Jahr, das länger hätte andauern dürfen. Doch der Wind wurde heftiger, schob graue und schwarze Wolken über das Luftschloss und die vertraute Angst zeigte sich. Fliegend im Himmel befand ich mich in Gefahr, von oben auf betonierte Wege und Umwege, Abwege und Sackgassen, ausgetretene und überwucherte Pfade, auf Möglichkeiten sehend, kam ich ins Trudeln.

Der Apfelbaum wiegte sich, dann klapperten die geöffneten Fenster und Jonas schloss sie vorsichtshalber, damit nichts zu Bruch ginge. Ich verließ Delilah. Landete im Garten, sammelte die Kissen ein, auf denen wir uns weich zum Sonnen gebettet hatten, und verstaute sie im Schuppen. Ich weiß noch, dass ich dachte: Das ist nur ein Sturm. Morgen scheint die Sonne wieder.

Jonas und ich verbarrikadierten uns im alten Gemäuer, nahmen kaum wahr, was draußen geschah, nur den Wind hörten wir sausen und rütteln an Schindeln und Giebel. Im Ofen entzündete ich ein Feuer, wir rückten nahe aneinander, es wurde eng. Wir beruhigten uns gegenseitig, es sei doch nur der Wind, die Mauern würden standhalten. Der Sturm zog durch die Fenster in die Räume, blies die Kerzen aus, die uns jeden Raum erhellt hatten, und ließ uns frösteln. Die Nahrung ging uns aus, doch wir hatten Angst, würde einer von uns in den Garten gehen, um die reifen Früchte schon so früh vom Baum zu pflücken, würden wir vielleicht nicht über den klirrenden Winter kommen und da es auch donnerte und blitzte, fehlte es uns sowieso an Mut. Ein heftiges Gewitter im verlorenen Sommer, wir verhungerten fast, es war eine schreckliche Zeit. Jonas und ich umklammerten uns fest, obwohl uns eng war um die Brust, wir klammerten, weil wir nichts hatten außer uns. Delilah war nicht da und mir wurde mulmig und noch enger mit diesem Gedanken. Delilah flog im Wind, nutzte jede Böe, jeden Stoß, kreischte vor Freude vor Donnergrollen und Blitzen und ohne Angst und trieb sich hoch und wieder herunter und war frei.

Und während ich da rang mit mir und den Möglichkeiten, Freiheit oder Sicherheit, Luft oder Boden, Himmel oder Erde, Ja oder Nein, und dieser Keim, der sich immer mehr Raum nahm, und so viele Wege – geschah es und ich hatte nichts geahnt, ich hatte keine Angst davor gehabt, ich hatte es einfach nicht kommen sehen.

… ein Kreis, der sich um ein Zentrum zog in nahezu perfekter Ausführung …

Es war an dem Tag im wechselhaften Sommer gewesen, an dem ich morgens neben Jonas aufgewacht war mit der Erinnerung an einen Traum. Im Traum wachte ich auf aus einem langen und friedlichen Schlaf in Laken, die nach Wolken rochen, weil Wasser von der Decke tropfte. In regelmäßigem Takt klatschte es auf den Nachttisch neben dem Bett. Tropfen, sie sich in den Ecken und an der Decke vereinigten, und herabregneten, sich zu kleinen Bächen formten und herabströmten auf den Boden, wo Pfützen entstanden. Bald umschmeichelte ein Plätschern die Bettpfosten, ein Fluss, ein See, dann tobendes Meer in meinem Zimmer und ich begriff, ich musste weg. Alarmiert zog ich die Decke von mir, das Wasser sammelte sich in meinem Zimmer wie in einem Becken, ich fürchtete mich, tauchte die Zehen in die Eiseskälte. Das Bild, es stand auf meinem Schreibtisch, das Bild, das Jonas von mir, wie er mich sah, gemalt hatte, es musste gerettet werden und ich lief zu dem Gemälde und fasste es und dann watete ich hinaus zur Treppe durch den knietiefen Strom, doch der Wasserspiegel stieg von unten, es tropfte von oben, die Treppe stand vollkommen unter Wasser. Verzweifelt watete ich wieder ins Zimmer, anstrengend war es, das Wasser im Widerstand, das Gemälde schützend vor dem Strom über meinem Kopf versuchte ich das Fenster zu öffnen, es klemmte, ich riss daran, nichts rührte sich, ich hatte Angst, gab nicht auf, ich riss an der Klinke, endlich öffnete es sich, doch Wasser trat in einem Schwall ein, zog mich fort in den Raum und das Gemälde entriss sich meinem Griff und driftete davon. Ich schwamm, ich schwamm knapp unter der Decke um mein Leben, doch das Wasser stieg und stieg und ich tauchte, tauchte ein – hier war es friedlich im Rauschen. Ich schluckte Wasser, ich ertrank nicht. Ich wurde ruhig und schaute in die ineinander tobenden Fluten, in denen das Bild driftete, vor mir hertrieb. Die Farben liefen ineinander, vermischten sich zur Unkenntlichkeit der klaren Formen, Linien und Perspektiven und dann erlosch die Angst und ich trieb friedlich in den Fluten und wachte auf.

An dem Morgen verließ ich früh das Haus, in dem Jonas schlief, und lief durch die schon morgens unerträgliche Hitze. Aus dem Haus und über die Felder zog es mich, ausgerechnet, obwohl es doch so viele Möglichkeiten gab zu gehen, unruhig wanderte ich den Wald entlang, auf den abblätternden Spielplatz und am Findling vorbei, in die Schule zu dem Brunnen, von dem die Mutter Maria herab sah zu mir. Und ich fragte mich, wo ich eigentlich hinwollte. Wohin diese Wege mich führen würden. Ich nahm den anderen Weg retour am Café vorbei, in dem die Arbeitslosen saßen und bereits ihr erstes Bier tranken und auch den Supermarkt passierte ich, zog einen Kreis und kam wieder bei meinem Zuhause an, doch ich ging nicht hinein. Das Bild, das Jonas von mir gemalt hatte, stand am Schreibtisch und Penelope, wie er mich sah, würde mich anstarren. Wie aus einem festgefrorenen Spiegelbild würde sie mich anstarren und dabei fragen, wer ich sei und wo ich hinwollte und ich hätte keine Antwort gewusst und auch das Spiegelbild nicht, war es doch festgezeichnet. Versunken ging ich noch einmal diese Runde, ein Kreis, der sich um ein Zentrum zog in nahezu perfekter Ausführung, und das Zentrum war

Delilah, sie zog mich an wie ein Magnet. Ich beschrieb den Kreis nun enger in meinem Gehen, mir meiner Sehnsucht vollkommen bewusst, bemerkte auf den Feldern das gelbe Unkraut, auf dem ich wandelte, atmete tief und gut durch und die Spirale, die ich im Gehen zog, wurde enger und näherte sich Delilah. Kreisende Bewegungen sich wandelnd zu einer Spirale, als flöge ich durch die Luft, um einen Landeplatz zu finden. Enger und enger zog ich den Kreis, bis ich plötzlich vor ihrem Haus stand, das Haus, das ich nie betreten hatte, das Haus, das sich mir wie ein Geheimnis darbot in seiner Einfachheit, das Haus, das kein Nest, kein Käfig war, nur eine Station auf Delilahs Weg, wo sie Wasser und Nahrung gefunden hatte, bevor sie wieder abhöbe, um weiter zu fliegen. Alle Fenster waren offen und auch die Tür, ein Haus, das unversperrt war und jeden einlassen würde. Und da sah ich sie plötzlich, Delilah, wie sie aus der Haustür trat. Ich stand entfernt, sie bemerkte mich nicht, ihr Haar glitzerte in der sengenden Morgensonne und das Licht prallte ab von der weißen Fassade ihres Zuhauses und tauchte alles in unbarmherzige Helligkeit.

»Delilah …«, flüsterte ich, da traf mich ihr Blick und er verriet ihr Erschrecken, als habe ich sie ertappt. Sie musterte, maß mich in ihrem Schauen, sah meine Verwirrung, meine Ahnung, meine Furcht, dann wurde ihr Blick weich. »Ich gehe weg«, sagte sie.

Ich stürzte aus dem kreisenden Flug im Himmel auf den Boden der Realität. Die Luft war zu dünn und hatte mich nicht mehr getragen. Meine Flügel waren zu schwach. Die Kraft hatte mich verlassen und nun prallte ich auf harten Beton. Der Körper schmerzte, überall.

»Das kannst du nicht tun! Wir …« Ich stockte. Das Wir entgegen den anderen sagte Delilah nichts. Ich wich ihrem

Blick aus. Suchte. Fand nichts. Nur einen Vorwand fand ich, während ich auf den betonierten Weg starrte: »... die Reifeprüfung!« und sie lachte. Sie lachte ihr Was-soll-schon-passieren-Lachen, glockenhell, jeder Ton fern der Angst. »Die kann man überall ablegen.«

Sie hatte sich entschieden und da sie freier als ein Vogel war, war jede Bitte, jedes Betteln meinerseits sinnlos, sie ginge weg.

Nah trat sie an mich heran und umarmte mich. Es war mir, als röche sie noch immer nach Salz und Rosmarin und Badeöl und als hörte ich das Meer in ihrem Körper rauschen. Die Umgebung zerfloss in einem Aquarell, Delilahs Farben vermischten sich mit der unbarmherzigen Helligkeit der Morgensonne. Der teichgrüne Blick von Delilah fuhr mir ein letztes Mal in den Körper oder ich fiel hinein, ich konnte es nicht unterscheiden, so nah empfand ich mich und doch war ich ein bisschen frei in diesem Moment.

»Du hättest dich gar nicht verabschiedet.«

»Abschiede mag ich nicht.«

»Das war ein schönes Jahr. Es hätte länger dauern dürfen.«

»Such deinen Weg, ich gehe meinen. Vielleicht kreuzen sie sich irgendwann wieder. Leb wohl, Penelope.«

All I've known
All I've done
All I've felt
was leading to this

Und ich allein. Es blendete. Unbarmherzige Helligkeit. Einfamilienhäuser. Zäune. Gärten. So viele Wege nach *nach Hause* und *weit weg*. Vier Himmelsrichtungen. Die Erde, der Himmel. Und ich am Anfang. Am Ausgangspunkt. Allein.

Epilog

Nun, nach all der Zeit sitze ich hier in meinem Schreibzimmer. Es war auch mein Jugendzimmer. Delilah hat hier geschlafen. Ich habe sie berührt. Der Garten vor meinem Fenster zeigt sich wie damals. Ein Apfelbaum, der alt wird. Der immer weniger Früchte trägt. Der Teich daneben und die Rosen. Der graue, verhangene Himmel dahinter. Und ich am Schreibtisch sehe durch das Fenster, an dem der Regen sich in Rinnsalen sammelt und herunterfließt in gezackten Linien.

Das Freundschaftsgespinst hat sich aufgelöst. Wir hatten versucht, es von der Vergangenheit in die Zukunft zu retten, aber es war uns nicht gelungen. Das Immer existiert nicht. Das Theater schon. Ich spiele so gut ich kann. Dabei verliere ich den Blick nicht für die Möglichkeiten. Und Samen, die keimen wollen. Manchmal handelt es sich um Unkraut.

Delilahs Foto habe ich an die Wand gepinnt. Sie strahlt in den Farben Kupfer und Oliv, Gelb und Teichgrün. Sie sieht über das tobende Meer und ihr Blick saugt, als ernähre sie sich davon.

Manchmal wage ich es, im Herbst mit bloßen Füßen in den Garten zu gehen. Dann spüre ich das feuchte Gras und die Erde. Die Wespen schwirren, nähren sich an den herabgefallenen, angebrochenen Äpfeln. Die Zeit heilt Schmerz. Ich drehe einen reifen Apfel vom Baum und beiße hinein. Dann blicke ich in den Himmel und sehe einen winzigen Vogel. Er kreist über dem Garten und fliegt dann davon.

Die Autorin dankt der Jürgen Ponto-Stiftung, dem Herrenhaus Edenkoben und dem ehemaligen Bundesministerium für Unterricht, Kunst und Kultur.

Die auszugsweisen Liedtexte auf den Seiten 27, 75 sowie 93 entstammen dem Lied *Górecki* der Band *Lamb*.